我的老年脑（自序）

打从两年前，拙著《鞋儿破——老夫狂游日记》出世，发觉脑袋瓜被掏空了，落笔行文不时被一些简单的词汇卡住，深感驽钝，江郎才尽了。然而现实生活中的驽钝远不止于此，平日里脱头落襻成了常态，在书房想到的事，走到客厅竟成了丈二和尚，还得返回书房才记起，糟糕的是连单位原本熟悉同事的名字也忘记了，为之，诚惶诚恐。不料一日，突发脑部神经痉挛，阵阵抽痛难熬，去医院神经科做脑部CT检查，诊断："老年脑改变。"读之，脑袋轰然一声，天好像要塌下来了！

怔怔想起，我的一位好友，心内科专家、医院院长、美国客座教授，我们曾经相约游美国，他作翻译，不料年过八旬，他患上了老年痴呆症，连家人也不认识了。还有一位我的贴隔壁邻居，一天砰砰敲我家门，他找错家了，年纪也刚过八旬，也得了老年痴呆症。尤其是当选两届美国总统的里根和连任三届英国首相的撒切尔夫人，也患上了认知症，"六亲不认"了。医学专家断言，在80岁以上的人群里，每四人中必有一人患阿尔茨海默病，即俗话所说的老年痴呆症。我已实实足足82岁了，莫非也摊上了？我神经兮兮地胡思乱想，喜欢舞文弄墨的我，毅然决定：封笔！

今岁开春，新冠肺炎病毒来袭，我依规宅家。闲居憋屈，为排遣郁闷，赶新潮"断舍离"，把堆积经年可有可无的杂物，一一扫地出门。不经意间，翻出去年的旅游记录，细数出游次数多达50余次，往事历历，喜不自禁，遂按时序整理在案，感慨处，随喜添加了几句当时情景，仿佛又重游了一遍，心河里泛起往日的柔波。

我把上述记录微信给同事好友沈建平分享。他展阅后欣然为我打印，夸赞之余还鼓励我详写。我应了他的谬赞，萌发了创作热情，遂铺排谋篇，他阅后鼓励有加，又打印成稿，让我大喜过望，竟然忘了"老年脑改变"，一篇接一篇，不可收拾。他不厌其烦选配照片、排版、打印、校对。我写完了2019年部分，意犹未尽，时光倒流，又连续倒写了2018年和2017年的。七弄八弄，凑成了这本《鞋儿又破——老夫狂游日记2》，具作前著《鞋儿破——老夫狂游日记》的续篇。

为我这本"又破"之书，沈建平劳顿不堪，却仍宽慰我说："你让我空闲无聊时有事可做，很开心的。"我和建平共事合作十多年，他曾为我创作的电视剧本《依依海滩情》作导演，该电视剧在中央电视台播放。他挚诚待人，执着做事，我的这本"又破"之书，"工程"繁杂，多亏他的鼎力襄助才得以"竣工"。"施人慎勿念，受施慎勿忘"（汉·崔瑗），他的涌泉之恩，我真不知该如何报答。

我虽然健忘，但我的"老年脑改变"不时牵心挂肺，复去医院神经科请专家高诊，专家是一位中年女士，容貌健旺，她见我神情恍惚，斩钉截铁地说道："老年脑改变，是老年人正常的退行性现象，不是病。"我错愕对视她，她觉察我的疑惑，即和颜悦色地开导说："不要担心，倘若我去做脑CT检查，诊断报告也会是老年脑改变。"她话语中肯，不是开玩笑。专家分析，中年人是各种疾病形成的高危时期，30岁到60岁的中年人，是心源性猝死的高发年龄段，人脑的衰退也始于中年，这是新陈代谢的自然规律。她的话如醍醐灌顶，没错，既然是自然规律，人活着就该顺其自然，一切由它去吧。我早过中年，已经老到八十开外了，老年脑改变本在情理之中。我涣然冰释，如获特赦，走出心狱，走出医院大门，把"老年脑改变"甩在脑后，天塌下来就当被盖吧！

这本《鞋儿又破——老夫狂游日记2》，记录的皆是陈年旧事，"如梦幻泡影，如露亦如电"（《金刚经》），在人生的风浪大化中飘去，散去，人生所有的"舞榭歌台，风流总被雨打风吹去"（辛弃疾《永遇乐》），"五蕴皆空"（《心经》）也，应作如是观。

鞋儿又破
——老夫狂游日记 ②

史汉富 著

上海大学出版社
·上海·

图书在版编目（CIP）数据

鞋儿又破：老夫狂游日记．2／史汉富著．—上海：
上海大学出版社，2022.1
ISBN 978-7-5671-4410-1

Ⅰ．①鞋… Ⅱ．①史… Ⅲ．①游记—作品集—中国—当代 Ⅳ．① I267.4

中国版本图书馆 CIP 数据核字（2022）第 006848 号

责任编辑　王悦生
封面设计　吴　喆
封面摄影　邹明丽
摄　　影　沈建平
装帧设计　柯国富
技术编辑　金　鑫　钱宇坤

鞋儿又破——老夫狂游日记 2

史汉富　著

出版发行　上海大学出版社
社　　址　上海市上大路 99 号
邮政编码　200444
网　　址　www.press.shu.edu.cn
发行热线　021-66135112
出 版 人　戴骏豪

印　　刷　江阴市机关印刷服务有限公司
经　　销　各地新华书店
开　　本　710mm×1000mm　1/16
印　　张　14
字　　数　280 千字
版　　次　2022 年 1 月第 1 版
印　　次　2022 年 1 月第 1 次
书　　号　ISBN 978-7-5671-4410-1/I·649
定　　价　78.00 元

目 录

我的老年脑（自序） / 1

爬行 2017 年 / 1

小引 / 3

浪漫法国浪漫游 / 4
第一天　在巴黎天空下 / 4
第二天　伟哉，梵高们 / 5
第三天　醉美圣母院，情溢塞纳河 / 10
第四天　朗郎婚礼地，爱墙"我爱你" / 16
第五天　卢浮宫金字塔，凯旋门英雄曲 / 19
第六天　枫丹白露老佛爷 / 22
第七天　"莫奈小火车"情系莫奈 / 24
第八天　电影发源地，《小王子》诞生地 / 27
第九天　女人河畔人壁画 / 28
第十天　小国大赛道，王妃红颜命 / 29
第十一天　戛纳金棕榈，影坛列三甲 / 31
第十二天　天使湾，自由湾，情湾湾 / 32

第十三天　马赛女郎，马赛曲 / 33
第十四天　《阿维尼翁的少女》红了阿城 / 36
第十五天　《悲惨世界》和《歌剧魅影》 / 38

附：今年头等乐事——八秩庆生 / 43
1. 半个世纪师生情 / 43
2. 喜获《生日报》 / 48

脚行2018年 / 51

"使劲"游新西兰 / 53
小引　铿锵玫瑰赐我绰号：使劲 / 53
第一天—第五天　南岛朝南坐，花柳繁华地 / 54
　　　　　　　　箭镇的棚屋，华工的泪 / 56
第六天—第九天　北岛，毛利人的家园 / 57

江南老头闯游关东 / 60
喜看闹剧：溥仪登基又出逃 / 60
观尝天池，寻觅水怪 / 62
镜泊湖上见伟人 / 64
假借鱼儿作太阳 / 65
明月今夜照我还 / 67

腾冲奇观 / 68
第一天　追寻徐霞客 / 68
第二天　普者黑山水甲云南 / 68
第三天　天生一个仙人洞 / 70

第四天　银杏火红，空山无色 / 72

　　第五天　热海风景区，热血国殇墓园 / 74

　　第六天　古镇和顺，瀑布飞腾 / 76

　　第七天　五千里滇池，上千年官渡 / 78

　　第八天　春光花市，过桥米线 / 80

千灯古镇千千灯 / 80

上海大世界，变小了 / 82

海盐好滋味，绮园真绮丽 / 84

作别故乡 / 86

广富林、方塔之恋 / 89

我来迟了，共青森林公园菊展 / 92

附：今年头等乐事——拙著《鞋儿破——老夫狂游日记》

　　出版 / 93

穿行 2019 年 / 95

小引 / 97

一衣带水北海道 / 97

　　第一天　火山温泉，国王来了都不换 / 98

　　第二天　世界级的函馆夜景 / 100

　　第三天　降祉的地狱，赐福的鬼神 / 102

第四天　见过武士一声叹 / 104

第五天　白色恋人，海誓山盟 / 106

第六天　富良野，芬芳的火焰 / 108

第七天　"失乐"渡边，"情书"小樽 / 110

第八天　回国，带回"北国的春天" / 113

黄母祠：布业始祖黄道婆 / 113

新乐路之新之乐 / 114

奇迹浦江郊野公园 / 116

长风公园乘长风 / 117

长宁民俗文化中心的木牛流马 / 119

法藏讲寺藏佛法 / 120

大笑闻道园 / 122

愚园路之愚（上） / 123

愚园路之愚（下） / 124

游杨浦滨江，走习总书记走过的路 / 127

枫红黎安公园，踏歌美术馆 / 130

伴妻三游申城：三最景点 / 132

上海最高：上海中心 / 133

上海最深：深坑秘境 / 134

上海最古老（之一）：召稼楼 / 136

目录

花好稻好嘉北郊野公园 / 138

苏州之最游 / 139

    1. 世界唯一的盘门 / 140

    2. 三轮车上的三个老人 / 141

    3. 最精致的网师园 / 141

    4. 最古老的沧浪亭 / 142

    5. 唯一书院园林之可园 / 143

附：今年头等乐事——金婚纪念日 / 144

短信心游 / 147

隔海守望——母子日本自由行 / 149

  母子与我们短信互动实录 / 149

  前记 / 1149

    1. 从上海浦东机场出发 / 1149

    2. 大阪 / 150

    3. 京都 / 153

    4. 东京 / 156

    5. 东京—上海 / 163

心系意大利——母子意大利自由行 / 164

  母子俩与我们短信互动之实录 / 164

  前记　老疾俱至，卧以游之 / 164

    第一天　米兰，上海姊妹城市 / 165

    第二天　游斯福尔扎城堡、米兰大教堂、斯卡拉大剧院 / 166

第三天　威尼斯，游圣马可广场 / 167

第四天　游玻璃岛、彩色岛、利多岛 / 169

第五天　游圣乔治大教堂、凤凰剧院 / 170

第六天　佛罗伦萨，游圣母百花大教堂 / 171

第七天　去比萨斜塔，火车坐过了站 / 173

第八天　罗马，游图拉真广场、万神殿、纳沃那广场 / 174

第九天　游圣天使堡、梵蒂冈。乘马车，车夫变脸 / 176

第十天　游斗兽场、许愿地、古罗马遗址，看平乔山落日 / 177

第十一天　游圣彼得大教堂 / 178

第十二天　在罗马火车站，钱包被偷 / 179

后记 / 180

附录 / 181

一、2020年感言 / 183

元旦感言——致自己 / 183

立春感言——致朋友 / 184

惊蛰感言——致青山 / 185

四月感言——致生日 / 186

"六一"感言——致老年 / 187

二、序言二则 / 189

我的《敬爱生命》 / 189

《当当诗文》序：走向成熟 / 194

三、听书媒体录 / 200

《鞋儿破——老夫狂游日记》登上"喜马拉雅" / 200

主播康康和听众互动选录 / 205

爬行 2017 年

小　引

　　虚度，虚度，累累地爬上了八十。腿脚不听话了，爬山爬不动，爬楼也爬不上，只能醒后爬起来，爬梳爬痒，偶尔心血来潮，爬爬格子，无奈成了一只高级爬行动物。不服老？不行！"以事实为依据"，看看我今年的"爬行"记录：

　　去年，能走，走了三国：泰国、澳大利亚、俄罗斯。今年，唉，只能让女儿外孙左挽右扶，游了一回法国。

　　去年，能走，华夏大地竞风流，东，启东，南，南浔，西，西施故里，北，长兴、太仓、如皋、沙溪、苏州孙武公园，梭游八大处。今年，惨了，只去了上海周边的左邻右舍三家：黎里、震泽、明月湾。

　　去年，上海滩上强似许文强，风风火火打卡22个景点，浦东迪士尼小镇、奕欧来（今比斯特）、世博公园、梅赛德斯－奔驰文化中心，金山张堰公园及南社，奉贤海湾森林公园、古华公园，嘉定紫藤公园、博物馆，宝山顾村公园，松江大仓桥、关公庙、东狱庙、西林寺、醉白池，长兴岛郊野公园、长江第一滩。市区更多了，柯灵故居、张乐平故居等等。今年呢？别提了，福泉山、新场镇，拼拼凑凑4个小地方。

　　爬行2017年，不堪伏案爬格子，除了法国有点浪漫，其余一概省去，不记了吧。

浪漫法国浪漫游

(2017年8月5日—8月20日)

第一天 上海—巴黎

在巴黎天空下

我已入围雪鬓老境,女儿正当风华盛年,小外孙还小。祖孙三代游浪漫法国,罗曼蒂克了足足半个月。

东航直达巴黎,正是傍晚,微霞满天。

步下机舱,一脚踏在巴黎的土地上,夕阳送来一首法国情歌——《在巴黎的天空下》:"巴黎天空下,歌声在回荡,她从今天起,心上有人想;巴黎天空下,恋人来相伴,幸福共同创,同心曲儿唱……"巴黎晚霞里,曲儿萦回,柔婉缠绵,一步一和,踏上浪漫的旅程。

第二天 巴黎

伟哉,梵高们

1. 奥赛博物馆,浴火重生

巴黎第一站首选奥赛博物馆,客观是今天周日,免费开放,省下几个欧元;从我内心来说,出于情感。多年前,值中华艺术宫开幕之际,就是这家博物馆不远万里前来道贺,开设展馆,让我欣赏了珍贵的名画,深深烙在心里,今天如同回访旧友,送上中国人的一声问候。

哦,塞纳河的河水荡漾着博物馆纤细的身影,走进馆内,仿佛遇见一位西方的贵妇人,雍荣华贵,精致迷人,一件件珍藏称得上世界级。虽然我不懂画作的透视、光线、维度,但此刻站在雷诺阿的《煎饼磨坊的舞会》、莫奈的《睡莲》前,还是让我惊羡不已,沉醉其中。

尤其是那幅梵高的真迹《耳缠绷带的自画像》,让我大为震撼感动。画中的梵高头戴毡帽,身穿不修边幅的大衣,面黄肌瘦,凹陷的脸颊,其生活的凄凉,内心的痛苦跃然于上,他正在与病魔作斗争。这幅史上争议最激烈的自画像,竟然是梵高送给自己母亲的生日礼物,令人唏嘘。即便如此,

奥赛博物馆,塞纳河的明珠

梵高之后依然创作了另一幅巨作《罗纳河上的星空》,画面那么火热、光亮、斑斓闪耀,我国画家丰子恺说:"梵高在以艺术为生活的艺术家中,可说是一个极端的例。"没错,极端的梵高,创作了《向日葵》《夜间露天咖啡座》《麦田群鸦》《邮递员罗兰》等惊世之作。梵高,艺术界的修行者,一个伟大的画家!

很难想像,这个博物馆竟然是由一个被火灾毁灭的火车站改建而成的,"凤凰涅槃,浴火重生",如今它成为与卢浮宫、蓬皮杜艺术文化中心齐名的巴黎的骄傲。真可谓祸中福所倚,人也一样,命运掌握在自己手里!

2. 橘园美术馆,睡莲环抱

橘园不见黄橙橙的橘,却有盛开的睡莲。想要见识伟大的莫奈,这里不容错过。

美术馆很小很小,仅有两层,第一层也仅有两间。两个相邻的椭圆形

橘园美术馆,梦中睡莲

展厅，整个房间都被大片大片的睡莲环抱，池水无边无涯，置身其中，是前所未有的沉浸式的体验，无边无际的幻觉如同开满鲜花的水族馆。又仿佛浸淫在巨大的池塘里，与绽放的睡莲共眠，朦胧的清晨，深沉的夜晚，暖暖的，如梦如幻。这组巨型莲池图，是莫奈跨越了十余年时间创作的。唯有莫奈的大手笔才能创作出如此至臻至美的巨作。

3. 安吉丽娜餐厅的张爱玲

走出橘园，沿街有一家餐厅吸引了我们，上海的女作家张爱玲曾在这里用餐，她特别推荐过一款非洲热巧克力，我们也慕名走了进去。

餐厅名字叫安吉丽娜，就像一位迷人的法国女郎，餐厅灯光柔和，装饰典雅，餐桌布置得古画一般。环顾四周，除了我们三个东方人以外，其他人是清一色穿着高贵的西方绅士淑女。我很抠门，单单点了一款非洲热巧克力，小小一杯，人民币70多元！我因张爱玲，附庸风雅，品一口，发个呆，想想张爱玲的《倾城之恋》，恋着这杯触目暖心热巧克力，香气袅袅，入口润润，这一杯胜过珍馐充腹，一次奢侈的心灵享受。

4. 协和广场，国王断头台

协和广场号称巴黎最著名的广场，其极富盛名的是它的历史而非这里的风景。此处的风景无非就是埃及方尖碑、喷水池和8座城市雕塑。

广场初建时名为"路易十五广场"，路易十六继位后爆发法国大

协和广场，革命呐喊远去了

革命，国王在此被送上断头台，广场由此更名为"革命广场"。两年后，才改名为如今的"协和广场"。一个广场，一段历史，惊心动魄。

5. 亚历山大三世桥——明星桥

亚历山大，是沙皇尼古拉的父亲，桥名缘于此而威震天下，大桥也尽显皇家风范，四尊镀金雕像，两柱铜制骑士雕像，有"南美华盛顿"之称的玻利瓦尔骑马像，还有参与美国独立战争的法国将军拉法叶雕像。路灯也全是金属制作的，整个大桥造型华丽，色彩明亮，堪称塞纳河上30多座桥中的头号明星。

6. 巴尔扎克故居，咖啡流淌

年轻时，巴尔扎克是我的偶像，《欧也妮·葛朗台》《高老头》《贝姨》等著作，一部接着一部读，但始终没读完他所作的包含近百部小说的《人间喜剧》。

走进巴尔扎克故居首先会感受到这里的写作环境得天独厚，四周一派田园风光，门庭花木掩映，屋旁有一个小花园。

巴尔扎克故居共分两层，第二层陈列着他生前的遗物，诸如手杖、烛台等。其中最吸引我的是桌几上一具咖啡壶，这具细瓷描金的咖啡壶，时隔200多年，依然光彩如新。

巴尔扎克故居，陈列于桌几之上的咖啡壶

巴尔扎克嗜咖啡如命，每天必喝 30 多杯咖啡，自称"用咖啡匙度量生命"。换了我，倘若也有这么一个丽质的"美人儿"陪喝，自然也会多来几杯。巴尔扎克一生喝的咖啡数以吨计，这一吨一吨的苦汁，兑化成浩瀚的文字海洋，流淌至今，成为人世间甜蜜的琼浆，这具小小的咖啡壶也可谓劳"苦"功高。临别时，我在留言簿上写道："巴尔扎克，伟大的人间喜剧创造者！"

当我们来到屋旁雅静的小花园休憩时，坐在椅子上，一抬眼便望见远处的埃菲尔铁塔，巴尔扎克又何尝不是一座巍峨的铁塔！

7. 埃菲尔铁塔，埃菲尔设计

我们接着去埃菲尔铁塔。

埃菲尔，就是铁塔设计者的名字。他的这一设计差点像铁塔一样被扼杀在襁褓里。那张设计图刚一面世，即遭到泥石流般的冲击，巴黎 300 多位名人联名抗议，他们中间甚至还包括了有莫泊桑、左拉、小仲马等文学家们，他们一致认为这个庞然大物，外型诡异，损害了巴黎的浪漫。幸好埃菲尔不畏权威，成就了这座建筑史上的金字塔。

巴黎的浪漫无处不在，卢浮宫前的玻璃金字塔、蓬皮杜国家艺术文化中心等，也都曾险遭灭顶之灾，如今一一成了世界级的艺术建筑。

埃菲尔铁塔可以登上平台观瞻，然而参观当日观者如潮，队伍不见首尾，我们已无时间消磨了，铁塔唯有仰望，不登也罢。

在巴黎的天空，抬头仰望，许多方位都能见到它高耸入云的身姿。伟哉，埃菲尔铁塔！

埃菲尔铁塔，仰望壮丽，仰望高尚

第三天 巴黎

醉美圣母院，情溢塞纳河

1. 奇思妙想，蓬皮杜国家艺术文化中心

蓬皮杜，法国已故总统的名字，生前，他力排众议，拍板建造了这座举世无双的艺术馆，只可惜，艺术馆落成时他已离开尘世，没能亲眼见到这一瑰宝的落成。

这座艺术文化中心的价值不仅是它内部的珍藏，米罗、毕加索等的画作举世闻名。它的身价更在于其外貌的奇特。它的外貌很像一个尚在施工的建筑工地，外墙尽是暴露的钢架、管道和走廊。这模样被公认为反传统的杰作，它的室内空间被大大扩展了。蓬皮杜国家艺术文化中心的奇思妙

眺望蓬皮杜国家艺术文化中心，凝视自己

巴黎圣母院，一声钟响，一声哈里路亚

想成了建筑艺术的一个标杆。文化，"化"是灵魂。

2. 巴黎圣母院的钟声

雨果《巴黎圣母院》凄美的钟声，在我的心里回响了半个多世纪，今天，我亲眼目睹了真实的巴黎圣母院，忍不住像"钟楼怪人"卡西莫多一样赞叹一声："美！"这座被奉为基督教艺术的经典之作，需要我们用目光一寸一寸地去抚摸，然而，让我感叹的是，雨果笔下的巴黎圣母院更让我震

法国原点纪念物在巴黎，人生原点在心里

撼，巴黎圣母院因雨果变得更神圣，更辉煌，更激荡人心。原于生活，高于生活，这就是艺术的魅力。

我们在广场排队时，意外发现地上有一个大大的圆圈，原来这是一个原点纪念物，它是法国丈量全国各地里程时所使用的起测点。由此可见，巴黎圣母院是法国文化中心的象征。

3. 莎士比亚书店

巴黎的浪漫，飘落在莎士比亚书店里。这家"微型"书店，侧身在巴黎圣母院——这个"庞然大物"的脚边，好似贵妇人裙摆配饰的一粒小珍珠，毫不起眼。然而切莫小觑，它可是巴黎的文化地标，和巴黎圣母院共同分享着巴黎的浪漫。

我和女儿以及小外孙祖孙三代，慕名前往书店观瞻。书店仅一开间门面，正门的入口和侧门的出口，都只有一人多宽度，上下两层都矮矮的。

莎士比亚书店，生命的诺亚方舟

一楼全是英文新书,随意摆放,稍显凌乱,梁柱上挂着散乱的旧照片旧画册旧报纸,就像一个不修边幅的倜傥绅士。

二楼被木质书架层层分隔,鸽棚一般,木格里全是二手书,如同信鸽一般静候新主人的领养。室内光线忽明忽暗,我们走进其中的一间,仅三个人几乎充塞了全部空间。斗室

书店琴声,少年心声

的一堵板壁前置放着一架老旧的钢琴,琴脚边躺着一只懒洋洋的小灰猫。我那12岁的小外孙一时兴起,坐上去弹奏了一曲《风居住的街道》,琴声音质倒还纯正。一曲终了,旁边一对侧身而坐倾听者嘴角微扬,含笑鼓掌。

小小的莎士比亚书店吸引着全世界的爱书人,这是一家有历史、有故事的书店。

一战后不久,这里曾是美国"迷惘的一代"文人们的身心庇护所,其中包括荣获诺贝尔文学奖的美国作家海明威,先锋派艺术倡导者、美国女作家斯坦因等。书店还出版了乔伊斯的巨著《尤利西斯》,当时的其他出版商都唯恐避之不及。二战后的20世纪50年代,书店又成为美国"垮掉的一代"的聚集地,书店特地在书堆间放置床铺,给文人们栖居。著名诗人金斯堡,曾在书店前的广场上朗诵自己的诗作。书店创始人西尔维娅·碧奇在此留下了她的自传作品《莎士比亚书店》。

走出书店,午后的阳光梦幻一般的闪烁,光波里,我的眼前浮现出美国电影《日落之前》开始时的情景,就在这家书店里,男主人公美国游客杰西和女主人公法国留学生赛琳恩,在阔别9年后重逢,开始了只有一个下午的巴黎街头的浪漫……浪漫的巴黎,浪漫的莎士比亚书店!

4. 先贤祠的伟人

先贤祠，是伟人们的安息之地，他们当中有伏尔泰、卢梭、雨果、大仲马等72位为法国作出卓越贡献的伟人，祠内的题词是："伟人们，祖国感谢你们。"我们一一瞻仰，心里默默念道："伟人们，世界感谢你们！"先贤的光辉照亮了世界。

先贤祠的正面大气恢弘，因仿照罗马万神殿而建，所以又称诸神之殿，伟人们，在诸神的怀抱里安息了。

5. 卢森堡公园的记忆香气

这是一座独特的公园，里面有许多法国文人的雕像，包括司汤达、福楼拜、乔治·桑以及奥地利作家茨威格等等。

其中有一座乔治·桑少女时期的塑像，这位喜欢女扮男装抽雪茄的女

卢森堡公园，一枝幽香的玫瑰

作家,一生著作颇丰,有回忆录《我的一生》等。她有一段著名的话:"记忆是灵魂的香气。记忆是一枝散发幽香的玫瑰,由遗憾的泪水浇灌。是的,我一生有无数遗憾的泪水,因香气,我的灵魂不再有遗憾。"水池中的喷泉射玉吐珠般洒向蓝天,喷泉背面映衬着一幢色彩明丽的楼房,公园就像水彩画似的,静静地坐着,从容享受途中难得的平静,颇有"得半日之闲,可抵十年尘梦"的气氛。

6. 塞纳河的情歌

塞纳河的"左岸"一度是上海文艺沙龙里的热词。塞纳,传说是一位降水女神的名字,河水是从她手捧的瓶里流淌出来的。塞纳河两岸名胜林立,有埃菲尔铁塔、巴黎圣母院、卢浮宫、凯旋门、夏宫、荣军院、奥赛博物馆等熠熠生辉。河上的游船旧得像上海早年黄浦江上的水泥船,没有任何打扮,仿佛是从百年前渡来的。这让我想起20世纪30年代欧洲一首著名的情歌《在老巴黎河畔》:"……在老巴黎河畔,爱情在徜徉,寻找

塞纳河,降水女神塞纳手中流淌出来的河

安乐之所，古色古香的书店，美丽的花坊，我们多么爱你，鲜活的诗篇。在巴黎河畔，放肆地爱，这里是人间乐园。我们熟悉所有的老桥，它们见证了天真的承诺，承诺的回音轻轻地诉说，在流水里。在燕雀的欢叫声里，聆听着塞纳河的歌声，我心跳加速，迷失在幸福中，我和你心心相印……"塞纳河流淌出一部法兰西民族史，被巴黎市民称为"慈爱的母亲"。

第四天　巴黎

郎朗婚礼地，爱墙"我爱你"

1. 辉煌至极的凡尔赛宫

我知道凡尔赛宫缘于《凡尔赛和约》。一战后中国作为战胜国，《和约》竟然规定把我国的青岛割让给日本，我国外交家顾维钧义愤填膺，拒绝在《和约》上签字，浩然正气。顾维钧是上海嘉定人，嘉定有他的故居，他是我们上海人的骄傲。

早年我曾给旅行社导游培训班讲授古典园林，在对中外园林对照时，常以凡尔赛宫为例，但仅仅是纸上谈兵。今天看了凡尔赛宫里的花园，道路是几何形的对称，花圃树丛都是几何图案，和中国的崇尚自然的古典园林大相径庭，中西文化的反差在园林艺术上经纬分明。

凡尔赛宫作为世界五大宫殿之一，360年的历史，辉煌至极的建筑，集艺术、财富和权力巅峰为一体。我特别喜欢二楼镜廊，那17扇落地玻璃窗和400多块镜面，将此处装点得就像是天上的琼楼玉宇。

凡尔赛宫曾有过骇人听闻的一幕。由于路易十六大规模扩建造成民不聊生，60多名看似懦弱的妇女前往凡尔赛宫前抗议，竟然把不可一世的路易十六送上了断头台，震惊世界，从此就连拿破仑也不敢再把凡尔赛宫作为行宫了，今天成为游客的行乐之地。一年游客高达700万人，其中我国游客占总数的13%。我国钢琴家郎朗和德国钢琴家吉娜·爱丽

凡尔赛宫，历史的迷宫，穿越不到过去

丝曾在此举行婚礼。

2. 蒙马特高地上的爱墙

蒙马特高地其实是个小山丘，却是巴黎的制高点，更因山顶有座圣心大教堂，从而成为天主教徒们朝拜的圣地。外观融合了各种不同的建筑风格，内部的浮雕、壁画让人遐想无限。

在入口处巧遇神父桑德济，一见喜乐，他主动和我们攀谈，一口流利的中国话，说自己曾在中国广州待了很多年，所以取了这个中国名字。他开设了一个网站。于是便递给我们一册红色的网站折页，封面上一个很大的爱字，里面都是《圣经》里的话，如"爱是永远忍耐""爱是不自夸""爱是不嫉妒"等等。

高地最多的"爱"字被刻在了在半山腰上，就是著名的爱墙，墙面由蓝色瓷砖组成，上面用300多种语言书写同一句话："我爱你"。我们找

爱墙，让世界充满爱

到了中文"我爱你"，这份爱的柔情，令我一咏三叹。

此外，我们还去了红磨坊，在一条车水马龙的大街边，红色的建筑，屋顶上有红色的风车，门前有一排红色的花桶。

第五天　巴黎

卢浮宫金字塔，凯旋门英雄曲

1. 卢浮宫镇馆三宝

卢浮宫，被列为世界三大博物馆之一，游人趋之若鹜，我们耐心排了一个多小时以后得以进馆一看，里面眼花缭乱，陈列室多达200多个，40万件稀世珍宝，难怪一些中国留法美术家三天两头跑这里研究。

我们是门外汉，只是关注镇馆三宝。首先找到的是那座胜利女神像，在进馆入口处的楼梯尽头平台上，远远就能看见她耸立的身影，楚楚动人，只可惜许多游客不识宝，看了一眼便匆匆而过。另一件珍宝就是断臂维纳斯，断臂的女子竟然成为残缺美的代表作，真是一个奇迹。第三件珍宝无疑就是举世闻名的《蒙娜丽莎》画像了，观摩者人头攒动，我耐心挪动脚步，终于挤到了最前面，真真切切看清了那永恒的微笑。有人对其微笑进行过识别，居然发现她拥有83%的快乐，9%的厌恶，6%的恐惧，2%的愤怒，非常神秘，我左看右看也分辨不清，观瞻者蜂拥而来，我礼貌地离去。

作为一个中国人，我最感兴趣的就是这座卢浮宫前

卢浮宫维纳斯，残缺世界之魂

玻璃金字塔，透明的心闪金光

著名的玻璃金字塔，它是华人设计师贝聿铭先生的杰作，金字塔高达 22 米，仅底座就有 30 米，全部由 800 块玻璃组成，建于 20 世纪 80 年代，想当年，巴黎一片反对声，而今成了世界的骄傲。美籍华人贝聿铭，我是 40 年前游览苏州狮子林时闻其大名的，狮子林是贝大师父辈的旧居，而今他又在故乡设计了苏州博物馆，水墨画似的江南水乡特色，美轮美奂。

2. 罗丹美术馆之吻

罗丹，一个雕塑领域的"思想者"，他那 1880 年受法国政府委托而作的的《地狱之门》虽未及全部完成，但其中多件雕塑成为传世之作。他的作品分藏在世界三处，其中之一我曾在美国斯坦福大学的校园里看过，无疑，法国美术馆里的最为精彩，那著名的《吻》《加莱义民》《巴尔扎克》等作品，件件神态生动，富有力量。

3. 凯旋门的《英雄交响曲》

凯旋门,在欧洲多达100多座,唯巴黎凯旋门拔得头筹。只见其门高50米,宏伟壮观,门柱上精雕细刻着拿破仑的丰功伟绩。我们登上高台,一片晴空,苍穹辽远,四环观瞻,巴黎12条街头四围放射,壮观美妙。那香榭丽舍大道、协和广场、荣军院、埃菲尔铁塔一一展现眼底,我耳畔隐约飘送贝多芬的《英雄交响曲》,精神不觉亢奋起来。

沿途去了丘吉尔大道,小外孙饶有兴致地参观了街边的小皇宫。我有点累,坐在丘吉尔雕像下小憩,回想这位英国前首相,二战时领导英国人民把希特勒打得头破血流,一个响当当的铁血男儿。

4. 香榭丽舍大街金黄黄

香榭丽舍大街香气袅袅,楼舍丽丽,这个诗意的中文译名,出自浪漫诗人徐志摩。他感叹道:"到过巴黎的人,一定不会再稀罕天空。"此刻,正是八月天,他又唱道:"八月的太阳晒得黄黄的,谁说这世界不是黄金?"我们走在香榭丽舍大街上,西移的太阳一片金黄,斜射在我的身上。大街车水马龙,两边商场,满目林立。我们伫在一家著名披萨店户外街边的棚架下,点了两份披萨,我望着街头夕阳下的凯旋门,寻找巴黎的历史,慢

巴黎凯旋门,英雄门

香榭丽舍大街，微霞里的晚餐

慢品尝，齿凝香脆，心境悠哉，享受人生八十年来最浪漫的晚餐。

第六天　巴黎

枫丹白露老佛爷

1. 拿破仑的枫丹白露

枫丹白露，这个诗意的王宫称呼也是由浪漫诗人徐志摩翻译的，名如其宫，这里是法国历代国王最喜爱的行宫，宫殿华丽而精致，主楼是一座方形城堡，建于900年前，而今保存完整，还有一个套间是200年前拿破仑一世退位时留下来的，这些精美绝伦的家具历史悠久。还有一间教皇披耶七世居住的套间等等。宫殿后面是一个连着一个的美丽花园，有英式松树花园，蜿蜒的河流和小巷，人工岩壁，奇特的异国树种，还有欧洲最大的大花圃，有树花4万多株。宫殿门口有小火车，可以欣赏全景。去枫丹白露要乘巴黎郊外的火车前往。

2. 拿破仑荣归巴黎荣军院

前年游美国旧金山市政厅时，获悉那幢建筑巨大的金顶设计借鉴了巴黎荣军院，今天目睹这个重达1吨的金顶，真让我惊叹。习近平主席首次出访法国时，时任法国总统就在荣军院的贵宾厅举行盛大的欢迎仪式，今天，我们也走了进去。

荣军院的建筑也确实让法国人引以为豪。那里最吸引观众视线的当属拿破仑一世的陵墓，在墓室上层的环形楼上往下望就是他的棺椁。墓室四周有12根石柱，一一饰以浮雕，讲述拿破仑一次次辉煌战役。拿破仑在比利时惨

巴黎荣军院，元帅士兵共荣耀

遭滑铁卢，被威灵顿将军擒获，放逐在大西洋上的圣赫勒拿小岛上，6年后病逝。他在遗嘱中写道："我愿我的身体躺在塞纳河畔，躺在我如此热爱过的法国人民中间。"去世19年后，路易·菲力浦国王把拿破仑的遗骸运回法国，安置在了荣军院。

荣军院还安葬着法国国歌《马赛曲》的作者鲁热·德·利尔。这位小小的工兵上尉和大元帅拿破仑葬在一处，可谓荣耀之至。

3. 英雄老佛爷

巴黎老佛爷旗舰店在中国大妈买买买的"血拼"潮中独占鳌头。巴黎旗舰店商城的一楼挂着大幅中文标语，标语下的中国大妈成为巴黎的一道

风景线。"老佛爷"的尊称是中国智造，原名是法语 LaFayettt，正宗译名应为拉法叶，拉法叶老板就是赫赫有名的法国将军，参与过美国独立战争，是法美两国共同的英雄。

老佛爷商场位于巴黎市中心的埃利曼大道。主楼共三层，是欧洲最大的百货公司，诞生在清光绪年间，说也凑巧，那正是慈禧这位老佛爷的年代。商场中央是巨型金彩绘雕花穹顶，色彩华丽。我们不是中国大妈，对购物了无兴趣，只是走走看看，在二楼品尝了法式美食，然后登上顶层露台，露台视野开阔，塞纳河、凯旋门、歌剧院历历在目，我对埃菲尔铁塔情有独钟，在塞纳河上，在巴尔扎克故居等处都和铁塔亲近摄影留念，在老佛爷的顶层露台，我也兴致盎然，与其合影。

第七天 吉维尼

"莫奈小火车"情系莫奈

1. 莫奈花园纪游

去年，一个偶然的机缘，我在上海观看"新印象莫奈艺术展"，一幅缩小版的莫奈花园图景就此印在心上。今夏作法国自由行，自然要一睹其真容。

从巴黎乘火车西行，不消 1 个小时就来到弗农小镇。弗农 (Vemon)，法语的意思是绿色的土地。1838 年，莫奈乘火车途经这里，被宁静的田园氛围所迷住，便携全家在此隐居，住了 43 年，直至 86 岁去世。

我们在弗农改乘"莫奈小火车"游览静谧的古镇，再沿着绿意盎然的田野来到吉维尼农村的莫奈花园。

莫奈说："花园是我最美丽的作品。"当年，他在此买下一栋农家住宅，把一个粮仓改建成二层楼的画室，其中大画室长 23 米，高 5 米。如今，这幢古旧别致的画室依然保持着莫奈在世时的原状。他的卧室在二楼，面

莫奈花园,莲灯点亮千江水

积约30平方米,开阔的窗户,直面花园。莫奈每天凌晨起床,展开画布,临窗作画,一张接着一张,如他所说:"一天到晚画,停不下来。"

窗外的花园里,夏花似锦,红绿辉映。我到过凡尔赛宫花园、枫丹白露宫花园、杜乐丽花园和卢森堡花园,它们都是按几何图形栽种和修剪的法式园林,唯独莫奈花园是东方式的古典园林。莫奈买下这块土地时,遍地荒草杂树,他亲自挖土,栽花种树,最多的时候雇佣了五个园丁,依照花木的自然形态设计花园,让高低错落的花丛呈现自然的视觉,契合了印象派的光影艺术观。

花园一侧就是诞生传世之作《睡莲》的水池。8月,正是睡莲绽放的时节,垂柳竹篁,葳蕤蓊郁。我徜徉在池边,倚着绿色日本桥的栏杆,微风行于水上,池面灿若锦缎。睡莲早已醒了,静默地绽放,纯绿的叶子,火焰般的花朵,难怪哲学家巴什拉赞叹"这就是一面照出世界之美的镜子"。莫奈画过181幅睡莲,他说:"我唯一的功绩就是直接在大自然中作画,寻找稍纵即逝的瞬间,将它们付诸笔尖。"有人说,法兰西最

"莫奈小火车"，开往《睡莲》的故乡

美的夏天就在莫奈的花园里，今夏，我就在莫奈的花园里。

莫奈花园外是莫奈街，沿街有许多画室。莫奈刚到吉维尼的时候，这里只有279个村民。此后，世界各地有100多位画家相继迁居此地，形成名副其实的画家村。莫奈街的一个小山丘的斜坡上，一个不显眼的拐角处，安葬着莫奈和他的几位亲人。

回程依然乘坐那辆"莫奈小火车"，正遇见法国一家电视台在采访车主。小火车车体乳白色，镶嵌着金色条纹，亮丽典雅。我和同行的女儿以及12岁的小外孙在火车头前面照相留影，被摄影师抓拍，带给法国电视观众一个惊喜——瞧，这祖孙三代中国游客都喜爱莫奈！

第八天　巴黎—里昂

电影发源地，《小王子》诞生地

从巴黎到里昂，犹如在豪华的剧院欣赏了婀娜多姿的芭蕾舞剧，转身来到剧院后面的古典园林。里昂街道几乎一尘不染，空气清新，气息宁静，放眼看去，满目皆是中世纪的建筑，无怪乎整座城市被列为世界文化遗产，国际博览会年年在这里举办。城里有两条与众不同的河流：一条是索恩河，雅号女人河，这里是老城旧区，古罗马的首都；另一条叫罗纳河，被称为男人河，两河交汇，把古老的文艺复兴时期和现代的时髦气息融合在一起，交相映辉。

里昂有一个叫白莱果的广场，广场地面全部由红土铺成，楼宇屋顶也一律是红色的，都是19世纪的建筑，路易十四的骑马雕像，便是古老历史的见证。

里昂是一座美术馆之城，又是世界电影的发源地，卢米埃尔兄弟发明创造了电影，老城有一个微型电影博物馆，小外孙特别喜欢，和他妈妈一起进去看了一场电影。我独自游荡在老城老街上，看当地风情，一个辆旧车上蜷着一只虎斑大猫，一个街头艺人播放着法国古老的歌曲。

里昂有一位著名的市民，他就是风靡世界的《小王子》作者圣·埃克苏佩里，他出生地是以他名字命名的大街8号，我们在他的故居前见到了他的雕像。他的人生精彩而传奇，6岁开始写诗，12岁迷上了驾驶飞机，成人后加入空军，他是诗人、小说家、飞行员三重身份。在一次执行侦察飞行任务时，离奇失踪，再也没有回到人间。他在《小王子》里，小王子说："我看上去就像死了，但那不是真的。"确实，他没有死，在50元法郎币里有他的头像，里昂机场也以他的名字命名。《小王子》是一部美好动人的童话，书里的小王子、玫瑰花、小狐狸，以及每颗星球上不同性格的主人公，都是令读者难以忘怀的角色。《小王子》全球发行量多达5亿册。

玩老城，最幽静的地方是从玫瑰园的山丘上走向坡道，长长窄窄的小道两侧绵延着一幢幢古老的欧式楼宇，让人感受到岁月的凝重。墙上多涂鸦着色彩斑斓的画，沧桑里透露出勃勃生机。

里昂还有一处被誉为世界第一的光明壁画，我们去了，壁画自然好看，但是要领略这世界第一的光明还得在夜间。彼时离夜还远着呐，我们只能抱憾离去。

第九天　里昂—尼斯

女人河畔人壁画

里昂还有两处不该遗漏。

一处是沃土广场，这里是里昂的心脏，广场上有建于19世纪的喷泉和四匹骏马雕像。我们去时正在修缮，只能透过脚手架看个大概。

走过广场，来到昵称为"女人河"的索恩河，河上架着女子般秀美的铁桥，桥下有一幢七层楼的楼宇，这就是非常著名的人壁画所在地，楼宇的阳台窗户上，画着里昂的名人，栩栩如生，像是在和我们打着招呼，一个窗户接着一个窗户，布满七层大楼，蔚为壮观，这是一个建筑艺术的出色创意。我见到一辆市内旅游车驶

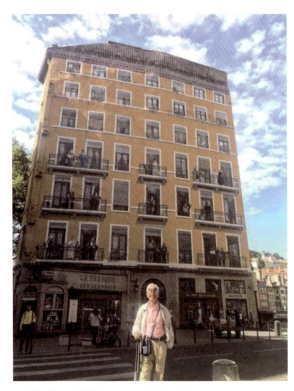

里昂人壁画，我看画中人，画中人看我

过，车上导游估计也没讲解，一晃而过，很可惜。

另一处是今天游玩的重头——金头公园，这是全法国最大、最美的公园之一，小外孙玩得很过瘾，特别是园中园的动物园，让他兴奋不已。

值得一记的是，途中小外孙在我的一本小册子上即兴记下了有趣的两首诗，每首都包含金木水火土五大行星及天地海三个字，他是个天文迷。其一是："水漫金山地，火烧木焦土，天海成一体，浩浩太阳系。"其二："水晶球，火烧木，变成土，天涯海角。"

傍晚乘火车再往南去尼斯。

第十天　尼斯—摩纳哥

小国大赛道，王妃红颜命

早起，从尼斯出发，去摩纳哥公国。

摩纳哥公国，容易和非洲的摩洛哥混淆。这是世界上第二个小国，仅

摩纳哥公国，仲夏夜之梦

次于梵蒂冈。国土面积仅仅 2.02 平方千米,只有半马拉松二分之一的路程,交通工具只有 11 路(即两条腿),一个小时就能照地图把所有的路线走上一遍。然而,不可思议的是,摩纳哥公国却有世界四大知名 F1 的赛道,只有最顶尖的车手才能在此赛道争夺荣誉,车手们以赢取摩纳哥大赛冠军杯为其夙愿。这里就像是世界车迷们的朝圣地,我们也去朝拜了一下,那车道又窄又曲,上坡下坡,若让我骑助动车也会吓得胆战心惊。我曾去嘉定观看上海第一届 F1 赛,那赛道又宽又平,两地相去云泥。行文至此,插入一则新闻,前 F1 掌门人,89 岁的伯尼和他的第三任妻子、44 岁的法比安娜喜得贵子。他的大女儿已经 65 岁了。有亿万身价的伯尼,除了吃维生素 D,不吃任何补品和营养品。伯尼老年得子,创造了 F1 历史上一个新的记录,可喜可贺。

摩纳哥一面是阿尔卑斯山,一面临海,山坡上一幢幢色彩绚丽的别墅小楼,层层叠叠,如山花烂漫。海滨是现代化的港口,数以百计的豪华游艇次第停泊在港湾里,山海相连,举目神驰,看不够的独特风光。

摩纳哥的地标既不是 F1 赛道,也不是海港,而是赌场。摩纳哥被列

戛纳影灯宫,仰脸望

为世界"三大赌城"之一。在摩纳哥进赌场要买门票，不能随意进出。但可以随意进入大厅，那大厅也是金壁照人。有意思的是，与赌场相邻的竟然是歌剧院，低俗的消费和高雅文化为伴，这在世界上也仅此一处，可谓雅俗共赏了。

然而最吸引游客的也不是上面这些风景，而是峭壁边上的王宫。我们先是迈上陡峭的人行通道，人称"大斜坡"，长长的400米，走得我气喘吁吁。王宫的富丽堂皇在我的意料之中，让我意外的是墙上一帧国王王妃的伉俪照，王妃格蕾丝·凯莉曾经是奥斯卡影后，照片上的她明眸浅笑，容貌出众。莫非真是红颜薄命吗？她居然和英国王妃戴安娜一样命运，因车祸不幸罹难，让我唏叹不已。

王宫至今保留着摩纳哥古老军队的换岗仪式，每天正午12点55分，卫兵换岗时分，我们正好赶上了，卫兵穿着摩纳哥皇家军人礼服，正步从王宫里走出，步伐没有过分的设计，动作也不夸张，时间正好5分钟，换岗仪式原汁原味，值得品味。

早上我们从尼斯乘火车来，晚上再回到尼斯。

第十一天　尼斯—戛纳—尼斯

戛纳金棕榈，影坛列三甲

从尼斯乘火车到戛纳。

戛纳，因其国际电影节，曾在我国电影界掀起一阵旋风，选送参赛影片，争走红地毯，忙得不亦乐乎。可喜的是，陈凯歌导演的《霸王别姬》曾斩获金棕榈奖。作为一个曾经的电视人，今天也心怀虔诚来到戛纳影节宫一看，稍稍有点失落，影节宫的外貌普通得令人乍舌，远不如上海工人文化宫。星光大道也只是宫旁偏僻角短短的小道，影星们的手印更是稀稀落落印于其上。反过来想想，戛纳金棕榈奖能在世界影坛上声名远扬，靠的不是排场，也不是吃喝，靠的是棕榈树般的精神，扎根大地，精进向上，不折不饶,成为参天大树。戛纳是个小城,值得我们大上海电影人崇敬。

戛纳的海滨大道和马丁内斯海滩都很漂亮。

傍晚乘火车返回尼斯。

第十二天 尼斯

天使湾,自由湾,情湾湾

记得法国电影《英俊少年》就是在尼斯海边拍摄的,那个被称为"天使湾"的海滩真的如天使一般的美。与全世界海滩不同的是,天使湾海滩全部由鹅卵石铺成,干干净净,一尘不染。海风湿润,阳光和煦,海的上空飞翔着载人汽球,看得让人跃跃欲试。

在这块法国土地上,有一条名为"英国人"的林荫大道,这条大道是百年前由英国侨民募款修建,长达5千米,好像要通往伦敦似的。

尼斯天使湾,石卵的奉献

尼斯可看的地方还有许多，如德桑大道、马赛纳广场、圣母大教堂等，我们舍近求远，去了距尼斯 5 千米处的海滨自由城，这里是画家和艺术家们的自由城，这里的海滩除了漂亮，还特别宁静，我们从下车的山坡俯瞰，只有三两个穿泳装的女游客。我们小心翼翼，从峭壁公路，沿悬崖走到海滩，这里名为海滨自由湾。海天寥廓，海风吹拂，衣袂飘飘，自由湾，自由自在。

尼斯狂欢节与威尼斯狂欢节、科隆狂欢节并称为欧州三大狂欢节，我们没能遇上。

第十三天 马赛

马赛女郎，马赛曲

年轻时，听过《马赛曲》，我才知道法国有座叫马赛的城市。法国大革命时期，工兵上尉鲁热·德·利尔谱写了这首进行曲，后来成为法国国歌。

今年夏天，我携女儿和小外孙游览马赛。选择的是从马赛旧港出发的游船游览线路，先后去伊夫岛和度假胜地弗里乌岛。年轻时读的小说《基督山伯爵》里，伊夫岛是主人公邓蒂斯被囚禁的地方。那里还是法国国家监狱，曾囚禁过许多王子和政治犯。我一直想到神秘的伊夫岛上看看。

游船驶出港口，我坐在船舱里，脑海里不时闪现着邓蒂斯乘坐着小船被押往伊夫岛的身影："宪兵用枪管对着邓蒂斯喝着：'你要动一动，我马上请你脑袋开花。'"游船行驶了半个小时，眼前出现了一个石灰岩岛屿。船上响起广播，说的是法语，我们一句也听不懂。船舱里的游客都安静地坐着。俄顷，游船离开码头，继续行驶在海上。女儿赶紧询问服务员，一位金发碧眼的女郎回答，船已经停靠过伊夫岛，现在正开往弗里乌岛，回程会直达马赛旧港，不再经过伊夫岛。她建议我们回旧港码头重新买票，改乘下一班船，或者待在这艘船上，等半个小时或一个小时，游船会再次起程。

马赛旧港,青青蓝蓝

到了弗里乌岛,度假的游客都上了岸,只剩下我们祖孙三个。回程开始,眼前是一片茫茫大海,我的脑海也是茫茫一片。不一会儿,那位金发女郎过来告诉我们,她和船长商量了,决定专程绕道送我们去伊夫岛。

我们仨面面相觑,难以置信。望着美丽善良的马赛女郎,我感动不已。

终于登上了伊夫岛,大仲马笔下的景象一一展现在眼前:走过壕沟上的一座吊桥,入口处是一道铁栅栏,邓蒂斯"过了那道门,门就关上了"。前面是石头堆砌的庭院,一间间岩石砌成的牢房,走道上分别标着"克莱伯将军囚室""米哈勒伯爵囚室"等等。按照小说的布局,邓蒂斯囚室的拱顶

伊夫岛,岩石牢房勇士心

特意挖了一个洞，如书里的描述："蜘蛛在夜的静寂里织网。"隔壁是法利亚长老的囚室，大仲马写道："在十五个月终了时，地道掘成了。"如今，囚室里也专门挖了一条地下通道，我好奇地往地道里张望，竟然瞥见自己的身影，着实吓了一跳，原来那深处设有录像装置。最后，我们走过一间死囚室，登上观察哨的天台。站在低矮的护墙边，我望见了灯塔和浩瀚的大海。

回到马赛旧港后，我们在一家餐厅的二楼用餐。临窗眺望，那一湾旧港码头好似一架硕大的竖琴，渔船的桅杆像一根根琴弦。我仿佛看见游船上的那位马赛女郎弹拨着《马赛曲》："我祖国之骄子，驱赴戎行。今日何日，日月重光……"

马赛，因其国歌《马赛曲》名扬世界。所谓马赛旧港也是袭用了从前的旧名，旧港很新很现代，港边廊屋的巨大镜子覆盖穹顶，反照着你的身影，现代主义的摩幻。

马赛港湾城一派法国南部的悠闲气氛，看不够的古迹，如圣约翰城堡、

马赛旧港，小舟待发

老救济院、马尼古拉城堡等等。我们如赛马一般,穿行其间,一处不漏。隆尚宫尤其值得看一看,那是拿破仑三世的行宫,不用说,宫殿宏伟绝伦。宫殿中间是群雕,河神耸立正中,左右女神陪伴,分持葡萄和麦穗,外围有几头壮实的公牛,四蹄翻飞,马赛原来也有斗牛的传统。

马赛上空最耀眼的是高耸入云的镀金圣母像,建立在150米的山丘之上,圣母像高达10米,金光四射,是马赛的象征。

第十四天 阿维尼翁

《阿维尼翁的少女》红了阿城

阿维尼翁,一个陌生的城市,然而它却是天主教徒们除了梵蒂冈的一个朝拜圣地,罗马教皇曾迁居到此,近70年,计有7位教皇在这里居住过,而今列为世界文化遗产也在情理之中。这座法国南部古老城市,路再远也值得去朝圣一下。小城古迹很多,仅记两处。

1. 沧桑古城墙

古城墙建于14世纪,长达5千米,全部由大块方石垒砌,绵延不见尽头。经历了7个世纪,而今城垛、城塔和城门依然完整无缺,只有石墙上被雨水冲刷的痕迹,凸显古墙的沧桑。

阿维尼翁古城墙,老树发新绿

阿维尼翁断桥，一半诗，一半画

2. 断桥老歌

断桥，建于中世纪，最初有 22 个桥拱，历经几个世纪的风雨，仅残存 4 座桥拱，断桥由此得名，现在是一个著名的景点。

走在断桥，桥身苍老但不破败，更具一种残缺美，桥边铺盖薰衣草，琼瑶的电视剧《一帘幽梦》曾在这里取景。桥上有介绍一个少年率领民众历时八年建桥的传说。有一首当地的老歌《在阿维尼翁桥上》唱道："在阿维尼翁桥上，人们跳舞，在阿维尼翁桥上，人们围成圆圈跳舞……"老歌唱红了断桥，唱红了阿维尼翁老城。有趣的是，西班牙人毕加索的惊世名画《阿维尼翁的少女》，阴差阳错，助推了法国的阿维尼翁的名声的传播。

阿维尼翁的古迹遍布全城，有岩石公园、圣母大教堂、教皇宫、钟楼广场和主干道共和国大街等等，不可胜数。因阿维尼翁离巴黎很远，所以游客很少。

第十五天 巴黎

《悲惨世界》和《歌剧魅影》

从巴黎向南再向南,一城又一城,今天北上,重回巴黎。

1. 雨果故居里的中国沙龙

在巴黎,怎能不去瞻仰雨果故居!年轻时读《悲惨世界》,掩卷长叹,芳汀的悲惨遭遇令我锥心刺骨的痛!

雨果故居在著名的孚日广场,那里居住过好些名人,如戈蒂埃、都德等。这是一个拱廊围着洒满阳光的广场,那里所有的房子排成一个规则的四方形,很特别。今天,我来到雨果的故居,心情依然沉重,脚步蹀躞,迈上三楼,进门便见墙上一帧雨果像,照片上,那双穿透尘世的双眼,闪烁着对恶势力的愤慨。我深为感动,凝眸久久。

二楼的第一厅名为"红色客厅",这里是19世纪巴黎最有名的文学沙龙,可谓"群贤毕至,少长咸集"。第二厅让我深感意外,名为"中国沙龙",整个房间布置充满了中国元素,最显眼的是墙上一幅画,画中一位中国清代官吏坐在桌边进餐,桌上是一盘鱼。这个

雨果故居,地窖里的酒

房间是雨果专为他的情人朱丽叶特别设计的，雨果戏说中国官吏是朱丽叶未来的丈夫，《悲惨世界》的悲悯者也不乏幽默。

雨果租居此地长达16年，完成了《巴黎圣母院》，还为《悲惨世界》打了腹稿。让我敬佩的是，雨果生活本可以养尊处优，他的父亲是拿破仑手下的军官，母亲是船长的女儿，他本人在青年时代就获得皇家颁发的年金，可说是衣食无忧。然而他有一颗悲悯之心，目光始终关注社会最底层的贫民。《巴黎圣母院》反对专制的社会，《悲惨世界》描写资本主义的罪恶，充满了人道主义精神，真是一位伟大的作家。我在故居的留言薄上写道："一个可以养尊处优生活的雨果，写出关注贫民生活的《悲惨世界》，令人尊敬。"

在《悲惨世界》里，雨果关于宗教的议论，让我有所领悟："圣殿、清真寺、菩萨庙、神舍，所有那些地方都有它丑恶的一面，是我们所唾弃的；同时也有它卓绝的一面，是我们所崇敬的。人类心中的静观和冥想是了无止境的，是照射在人类墙壁上的上帝的光辉。"

2. 巴黎歌剧院的魅影

前些年，我曾为上海歌剧院的建筑啧啧不绝，今天当我站在巴黎歌剧院前，我更是啧啧称奇，难以想像，这座称得上美轮美奂的建筑，居然是150多岁的老叟。

走进眩目的迎宾厅，色彩缤纷的大理石楼梯在金色灯光映照下更显焕然一新。楼梯上方天花板描绘着精彩的寓言故事，两侧雕像手持花束迎接四方来客。

穿过一条长长的走廊，来到冰厅，大理石、灰幔、丝绒、金箔构架里，水晶般的灯盏和一块块大镜子真可谓相得益彰。

演出大厅悬挂着360盏灯具，四壁和廊柱布满雕塑，富丽堂皇，在这舞台上，450名演员可同时表演。我站在二层下望，想像音乐剧《歌剧魅影》在此演出时的盛况。这个誉满世界的音乐剧正是取材当年发生在这座歌剧院的真实故事，那年，剧院轰然倒塌，导致观众伤亡。法国悬念小说家加

巴黎歌剧院，魅影重重

斯通·勒鲁将这一轶事经改编搬上了舞台。

　　巴黎歌剧院里如此精美的大厅多达 2531 个，成为著名意大利式歌剧院的建筑典范，被公认为是当今世界最宏伟精美的歌剧院之一。

3. 咖啡馆白发老叟，甜品屋浪漫邂逅

　　走在巴黎街上，空气里弥漫着咖啡柔和的醇香。歌剧院旁就有一家地道冰镇的神奇咖啡馆，但闻名于世的还是花神咖啡馆和双叟咖啡馆。我们先去了花神，店外露天座椅上几乎坐满了客人，四围鲜花丛丛簇拥，无愧花神的称号。20 世纪，海明威、毕加索、加缪等文学家、艺术家、思想家们都曾在花神里品尝过层次丰富的咖啡，寻找丰富的艺术灵感。不远处的双

双叟咖啡馆，相遇成三叟

马卡龙甜品屋，最甜在一握

叟咖啡馆更是名声显赫，自 1933 年以来，每年都颁发双叟文学奖给法国优秀小说的创作者。我们走进去，即刻被门柱上两个老叟的雕像怔住了，他们竟然是一对中国清朝时代穿着打扮的老头，看上去虽历经沧桑，但个个精气神十足。白叟见老叟，情何以堪！

虽然我们没有时间消受巴黎美妙的咖啡了，但是我们兴致勃勃去了著名的马卡龙甜品屋，那里的蛋筒色彩缤纷，小外孙买了一支大筒，我挑了一只微型的，小巧玲珑。刚回头，迎面走来一个西方男士，三十来岁，高大挺拔，一脸帅气，男士见了我，停下脚步，笑着和我打招呼，并十分亲热地主动和我合影，真是一次浪漫的邂逅。今晚就要离开浪漫的法国了，到了我们将这浪漫带回的一刻。人生几多苦涩，生活更需要添加一些浪漫，即便老之已至。

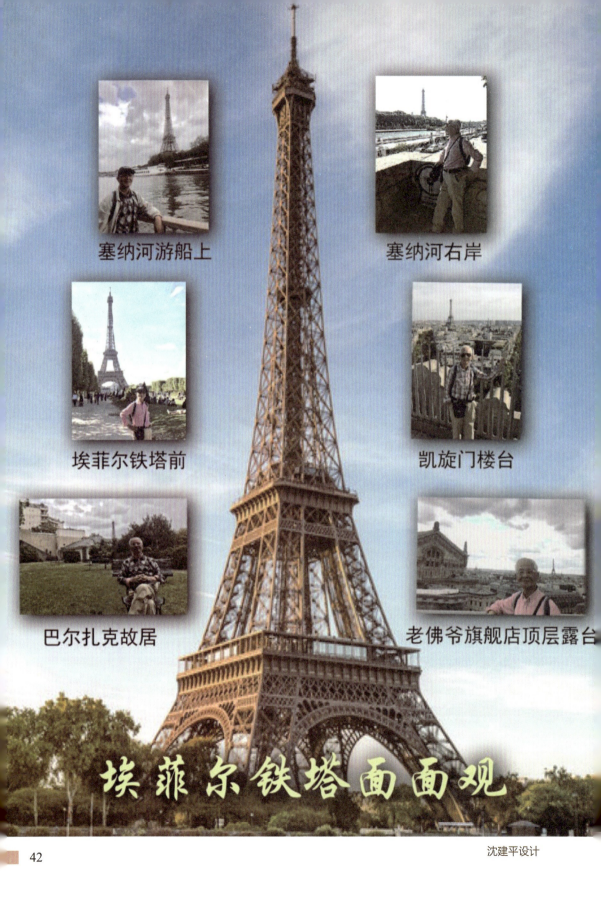

附：今年头等乐事——八秩庆生

1. 半个世纪师生情

记录这件乐事，当用"追溯"一词。

追溯到半个多世纪前，即1964年，我意外受命担任上海市胸科医院会计班专职教师，独立负责日常工作，但我资历太浅，仅初中文化，是单位一个小办事员，年方26岁。会计班学员当时初中毕业，比我小10岁。就这样，一个学养先天不足的老师，伴着一群尚不成熟的孩子，稀里糊涂走过了4年的时光。

时隔50年，一天，突然接到一位学生来电，他神通一般，得知我今年80岁，且生日在4月某某日，声称要组织一些同学为我庆生！我又惊又喜，感激之余，借口自70岁以后不再庆生为由，婉拒了他的好意。几次三番，他最后以近乎"最后通牒"的口吻告之，已由朱宗禄、胡麦琍两位同学安排定当，不容我再推诿。这么奢侈的抬举，让我彻夜难眠，思绪翩翩。

长长的壁墙，长长师生情

为我八秩庆生，心生惭愧。50年师生再相聚，盛情难却，思之，庆生主题定为"半个世纪师生情"。

聚会在锦江之星大厅举行，曾分配去外地工矿的张开屏、陈洪发等同学张罗布置，把一幅《半个世纪师生情》的横幅，齐齐整整挂上墙。张开屏后来成为一家企业的一把手，他胸襟豁达，世事洒脱，言谈举止，落落大方。陈洪发当天给我送来一只他亲手制作的小板凳，他一如从前，厚道、本分、真诚、实在。他曾坚强闯荡十分煎熬的生涯，思想变得更敏锐更开阔了。

主持人朱宗禄，班里的绰号："小人"。他不仅长相稚嫩可爱，还像小学生那样特别贪玩，上课时，常常玩弄课桌里小盒子装的洋虫，屡教屡犯，对他真是又气又好笑，无可奈何。不久前他给我科普，说，洋虫属鞘翅目，拟步甲科，形如米蜉子，初生蚁，如小蚕，末者色红而光泽可爱。是我国珍贵的药品，有很好的抗衰老作用，传入日本后，被日本皇室贵族尊称为"长生不老虫""长寿保健虫"。还含有大量不饱和脂肪酸，有护肤美容功效。难怪，这次见面，朱宗禄依然未脱"小人"稚气，看上去比他的实际年龄小十多岁，或许这就是当年课桌里洋虫赋于他的抗衰老和护肤美容的潜能吧。朱宗禄毕业后被分配去外地工矿，人小志大，历经磨难，振奋精神，终成企业的顶梁柱。在班里，他虽然没有一官半职，今天他自荐为班长，模仿班长洪菊芬、施金娣主持班会，一声"起立！"的口令，聚会同学们刷地立正，齐声喊道：

朱宗禄同学，"小人"依旧

"老师好！"这一声，触动着我柔软的心，我随即也起立，心中瞬间一股暖流汹涌，热泪难忍，思绪回到了50年前的情景，似幻又似梦。朱宗禄一边主持，全程作了录像，事后还制作了一个长达一个多小时的视频，题名为《师恩如海》，放到优酷网上播放，影响很广，连我的老同事们也看到了。朱宗禄还特地在片头写了一首长

胡麦琍同学的情中情

诗：《半个世纪师生情》，文采翼然，情笃义重，虽然其中有些溢美之词令我愧不敢当，但他那纯净的心灵，依然晶莹无尘，读了令我老泪盈盈。

胡麦琍同学代表聚会同学祝贺词。想当年她就是一个无忧无虑的女孩，她在教室里脆脆的笑声，至今仍在我的耳畔回响。今天，她容貌依旧，

戴有妹同学，送来同窗的快乐和甜蜜

笑靥依然，只是多了几分端庄自信和慈祥。长长的贺词如说家常话一样亲切，又不乏闪光的智慧，心地宽，境界高，与50年前判若两人。事后才知道，她现在任某区台联副主席等多个社会职务，是当地社会的名流。50年，天翻地覆慨而慷，怎不让我感慨万千！胡麦琍还当场赠送我一本她先生汪欣老师的著作《琴高轩现代文赋集》。汪老师毕业于复旦大学中文系，学养丰沛，笔耕不辍，曾担任《中华易学大辞典》等编撰工作。发表过70余篇

在最美的位置，留下最美的回忆

辞赋体文学作品。他德艺双馨，曾任区政协副主席。我十分敬佩。

席间，传来陆理庄同学给在场的一位同学的微信，热情洋溢祝贺我80华诞，他因守护病榻上的老父亲不能前来。这位同学曾多次在我面前夸奖陆理庄知书达礼，境界高，思维里充满人生哲理。当初他是全班最小且未过成人礼的孩子，如今，就如他的名字，明"理"义，达"庄"语，小苗长成一棵参天大树了。

阔别50载，同窗数年的同学们个个沉浸在当年的青葱岁月里，叙叙契阔，拉拉家常，忆当年美好的往事。当有人提及当年主题班会，讨论"吃零食好不好？"正方、反方争得面红耳赤，逗得大家乐不可支。这几年同

50年的再聚首，聚会同学：胡麦琍、李四妹、王宝妹、王宜君、汪渝年、沈爱蝶、肖苏琪、邓月萍、戴有妹、洪菊芬、范国樑、陈洪发、史天明、朱宗禄、张开屏、张荣华、张宏秋

窗，或许是大家一生中结下的最纯真的友情，青春年少，纯朴无暇，青春最美丽。锦江大厅，春风满堂，何等的快慰！

长得娇小可爱的戴有妹，受大家重托，送来了一只沪上口碑颇佳的大蛋糕。大家击掌齐唱《祝你生日快乐》歌，令我如醉如梦，多少往事涌上心头。亦难忘，王宝妹、邓月萍同学曾寄书信雨露我渴望滋润的心田。蜿蜒思游，50年前的日子，于我只留下美好。

今年这件头等乐事，体悟颇多，难以言尽，已经写得冗长了，只能挂一漏万。千言万语，只是想表达缠绵我心头的两个字：感谢。

怀想峥嵘，喜迎未来，我衷心祝福同学们喜乐安康！

附：朱宗禄长诗

半个世纪师生情

老师，我想对你说：50年前的春天，我们已经注定要来你那儿报到，成为你的学生，尽管你未曾想到，但这是命运的安排。

秋天，一群中学生嬉笑着向你走来，年长10岁的兄辈，专业当上了班主任。回想当时的教育环境，要带好这一班人着实不易，你坚持了，以德育人的原则，辅以敬业自信，平实阳光的教育方略，挽扶我们走上了社会。

50年后的春天，时年七稀的同学们再次欢聚一堂，为你庆生。掐阴历已过两天，按阳历还差十天，顾不上了，更何况阴历阳历之间，上下之中，正合中庸平和之趣。

从祖母用水潽鸡蛋，为你过第一次生日；继自己用过熟的橘子，自我庆祝一番；又兄弟在酒店为你庆生的蛋糕；及非常欣慰而要得不多的流质作为庆生主食；到今天的满堂弟子。烛光摇曳，庆生之歌，余音绕梁，令人叹为观止，彼此都有些许感动。

春天是去了寒冬，才渐行渐至。所以她更让人向往之至。今天，当年的我们手捧鲜花,微笑着向你走来。鲜花已告诉你,50年我们怎样走过;鲜花已告诉你,我们班正是藏龙卧虎之地。正是,经师易得,人师难求。师恩似海,没齿难忘。

朱宗禄

2017年4月22日

2. 喜获《生日报》

在我的生日前夕,十分意外收到一份由快递送达的贺礼:《生日报》。这是一只长方形的木质礼盒,厚重又精致,朴拙且喜庆。盒子里齐齐整整平展着一叠《生日报》——一套我出生那天发行的全国报纸,这是我80年来最为珍贵的生日礼物。很少有人能够收集到如此齐全的我的《生日报》,馈赠这份厚礼的是上海大学出版社常务副总编傅玉芳女士。我和小傅的忘年之交在本书"2018年头等乐事"一节里有记述。在这只礼盒内,小傅细心地用一层透明薄膜封护她书写的贺信,贺信的字里行间散发的温情,以及那清丽纯静的语境,无不让我为之动容良久。

《生日报》创刊于2004年希腊雅典百年奥运,其创刊词《感受生命之初》中写道:"清脆地道出了新生命头一声惊喜,头一声感叹!"

于我,生命的头一声没有惊喜没有感叹,只有呜咽只有呐喊!

我出生在1938年4月24日。时隔80年,今天打开那些封尘很久与我

《生日报》

同日诞生的一张张老报纸，眼前是纷飞的战火，报纸上一个个黑色铅字犹如累累弹痕，真可谓"当年鏖战急，弹洞前村壁"。在我出生的上一年的7月7日，日寇发动了侵华战争的"七七卢沟桥事变"，兽行中华大地。我国军民奋起反抗，浴血奋战，展开了全国性的抗日战争。我出生的那一天，抗日战争正值战略防御阶段，那天的全国报纸记录了那悲壮的一页，今天读来，不禁令我痛彻心肺，百感交集：

"我生力军源源增援，鲁南敌受沉重打击，远东空前大血战即将开始。"

"沪杭线战云严重，沪四郊风声鹤唳，平湖东郊曾发生剧烈战争。"

"宣城北关，我敌混战中。"

"战后的台儿庄，满目是败井颓垣。"

"敌机昨两度犯粤，连日被敌机犯炸，死伤数百。"

"敌机昨飞袭粤，飞黄浦中正小学投弹，并用机枪向乡民扫射。"

"国立湖南大学昨炸毁，岳麓书院千年历史毁于一旦，一切古迹典册仪器标本化为灰尘。"

"我金山卫游击队将进攻沪杭路，敌我已发生激战。"

"浦东新场，乡民四人被敌枪决。"

"嘉定游击队二壮士，英勇杀敌，悲壮殉国。"

……

这一天，战事新闻竟然多达数十条！

就在腥风血雨中，我来到人间。人间兵荒马乱，家无宁日，食不果腹，母亲产后无奶，无奈把我这条小命送往宁波乡下小村庄的奶妈家，仁厚的奶妈喂养我三年，再转送到乡下我的祖母身边，我和三寸金莲的老祖母相依为命，直到10岁，才得以去城里和父母兄妹团圆。

生不逢时，最美的童年遭遇最坏的年代。否极泰来，我的少年青年老年，赶上了新中国新社会新时代！好运至今。

今天，捧读《生日报》，回望前尘，悲欣交加。战争与和平，是人类的大考。眼下，世界多地依然战火连天，多少新生命降临在枪林弹雨里，无辜丧生，每每看到这一幕幕惨剧，老夫我禁不住一声呐喊："要孩子，不要战争!"就如2010年世界杯足球赛上单曲《那一天》所唱:"希望人们会说:不会再有更多的战争了,让我们的孩子开心地玩吧。"

傅玉芳,一位有佛心的人,她的悲悯之心,体恤到我读那些《生日报》的五味杂陈,特意在礼盒里端放一枚"上上签",这支木签,精致光泽,似一片和煦阳光、一缕清风,令我悦目愉情。在此,我要和她分享,也要和赐阅这篇感言的你一同分享,兹敬录于下:

"上上签 得此签者 外则通达内则顺 一顺百顺"。

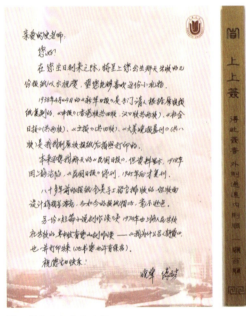

傅玉芳先生贺信和吉签

佛心赐福

脚行 2018 年

> 脚行天下,脱情捐累,寻访师友,求法证悟也,所以学无常师,遍历为尚。
>
> ——《祖庭事苑》

"使劲"游新西兰

(2018年3月14日—23日)

小引　铿锵玫瑰赐我绰号：使劲

生活里常会遇到惊喜,没想到在万里之外的新西兰,接待我们游览的竟是当年国家女足著名守门员李燃,球迷们一定还记得,她用一只大脚把足球从自家球门送到对方球门,铿锵玫瑰,掷地有声。新西兰国家女足重金把她挖去,一把球门铁将军。李燃和其丈夫一起在新西兰创业,事业做得风生水起,这回代表公司专程迎候我们。李燃,一团燃烧的火焰,奔放热情,一口标准的北京话,乡音未改,见我白头老翁,得知"鄙姓史",立马赐我一个外号:"使劲"。兼有《水浒》九纹龙史进的双关语,策励我"使劲游,玩得开心"。"风雨彩虹,铿锵玫瑰"。一路"玫瑰"相伴,彩虹碧空,我有使不完的劲,走遍新西兰。

我参加的团队在国内小有名气，名曰：老小孩。领队戴奕，在我的眼里还是一个女孩。她学的是中医专业，获得硕士学位。"老吾老以及人之老"，她把中医养生服务于老年人的健康旅游事业。我曾随她去过澳大利亚，阳光般的笑容让我一直记忆尤新。人人爱戴，神采奕奕，戴奕，名如其人也。

棒棒的陪同，棒棒的领队，棒棒的新西兰之旅，十天游程，一瞬间。

第一天—第五天 南岛

南岛朝南坐，花柳繁华地

新西兰，建国至今才70年，国龄比我年龄还小十多岁。毛利人栖居于此也只有600年。中国上海"新天地"，石库门里做道场，新西兰，从南岛到北岛，蓝天白云，白云蓝天，从北岛回南岛，牛羊牧场，牧场牛羊，一个世界的"新天地"。畴昔之游，已有半个世纪，今八十高龄，不远万里，跨洋过海，到此一游，就为尝"新"。

第一站，飞抵南岛。南岛距南极，仅一箭之遥，南岛朝南坐北，傲得像《红楼梦》里的贾政老爷，这里便是顽石投胎的贾宝玉"花柳繁华地，温柔富贵乡"了。我是假宝玉，半痴半癫，误入这个"太虚幻境"了。

"太虚幻境"有个蒂卡普湖。见过我国的东湖西湖南北湖，没见过蒂卡普湖的水这般绿，绿得像白人的眼睛，一瞧，心也绿了。原来这是冰川小石粉悬浮水面，经阳光照射，就幻现出这妙不可言的彩色。新西兰的许多种明信片上挂着这片湖，恰如"春来江水绿如蓝"，美了新西兰。不知是我迷上了湖，还是湖迷上了我，我和香港参团的方女士，不期而遇坐在湖畔长椅上，久久发呆，心融化在绿绿的湖水里了。

抬头望去，湖畔上一脉小山丘，山丘上孤零零一幢平屋，我走了上去。那是一个小教堂，名为"好牧羊人教堂"，传说是为纪念一位牧羊人所建，在遍地是羊群的新西兰，牧羊人的至尊地位当在情理之中。我读《圣经》，在约翰福音里记载耶稣的话："我来了，是要叫羊（或译"人"）得以生命,并且得的更丰盛,我是好牧羊人,好牧羊人为羊舍命。"这个"好牧羊人教堂"的牧羊人该是耶稣吧。

南岛第一大城,名为基督城,好牧羊人耶稣在那里"为羊舍命"。2011年,一场大地震毁了基督城。事隔八年,我们到此处时,那座基督大教堂依然墙断垣颓,阳光下,犹如X光透视下的人体骨架,让人不寒而栗。面对这番惨状,不由想起1976年我国唐山大地震,我是在震后的第三天,放下两个月大的女儿,赶赴震中,在机场的帐篷里熬了两个多月,40万人丧命,让我日夜不宁。时隔32年,我国又遭汶川大地震,7级!我的女

蒂卡普湖边界犬,我是一只羊

婿和我一样,把3岁儿子托付给我们,毅然参加医疗队去汶川,又参与震后重建两年多。如今,新唐山如山一般的屹立,新汶川川流不息,蒸蒸日上。

看吧,在南岛,基督城植物园,万紫千红。基督城艺术中心,美轮美奂。克伦威尔的苹果挂满树枝,高山三文鱼肥嫩鲜美。

回望蒂卡普湖,绿水岸边,耸立一座边界犬的雕像,那也该是一头牧羊犬,守护着天下羊群。蓝天里,一列大雁飞翔,排成大大的人字形,我伫立凝视,这是鸿雁对人的赞美,天地间,人为大,伟大的人!

箭镇的棚屋，华工的泪

南岛的皇后镇，典雅高贵。我在游览了小镇后，回到湖畔。湖畔的堤坝上，戴奕喜迎我，邀我伴坐，我纵身一跳上了堤坝，戴奕惊喜不已，挽着我的手臂合影，美在我心里。

离别皇后镇，驱车去箭镇。

3月，正是新西兰的秋天，最瑰丽的秋色，在南岛的箭镇。

箭镇毗邻著名的皇后镇，曾是新西兰一座著名的金矿。秋阳下，树林金黄一片。白金汉宫街是一条数百米长的主街，两旁有60余家百年店铺，每一家都古朴典雅。一家淘金作坊向游客们演示了百年前淘金的场景。

老街的尽头，河畔的小山坡上，零零星星散落着简陋的棚屋，茅草屋顶，间有波纹铁皮装饰，短墙用泥砖或岩片围砌。棚屋仅10平方米大小，屋内昏暗，据记载，一间棚屋要住好几个人。这里曾是中国淘金者的定居点。

1866年，中国广州一带农民为生活所迫，来到箭镇淘金。一个17岁的男孩在家书里写道："我们登上帆船，海上风浪很大，船舱里的水有一尺高，所有乘客都开始哭喊'救命'。"到了箭镇，他们被迫住在山坡沟渠，与世隔绝。来箭镇的华工多达3000余人，每七个人就有一个客死此地。1902年，一艘运载499具华工遗骨的轮船在荷基安加港沉没，令人唏嘘。

在老街的博物馆里，我们见到了百年前的钱币、瓦

皇后镇湖的柔波

箭镇棚屋，万箭攒心

罐等器物。2002年，新西兰政府为早期对华人的歧视向华人社区道歉，并在华工定居点重建那数间棚屋，以承认"最初华裔新西兰人的特殊身份、历史和勇气"。

陪同游览的李燃告诉我们："现在，中国人在新西兰广受欢迎。"

我看着箭镇的三月天，金色的五彩林里，脑海中浮现出华工淘金者初来此地的身影。

第六天—第九天 北岛

北岛，毛利人的家园

南岛五天，满满的蓝天绿茵，大饱眼福，圆了此行想看一番"新天地"的一大心愿。接下来的一大心愿，就是去会会栖居在北岛的土著毛利人。多年前，我曾经在电视里看到过裸身草裙的新西兰土著人，对那热情的劲舞,野性的歌喉,至今难忘。

巴士疾驰,我的心情反而澎湃起来了,毛利人,似远亲又如陌路人。我们终于来到了毛利人的村口。村口,没有列队彩旗的仪式,只有一位壮实黝黑的毛利男人上前和我们招呼,虽然听不懂他那话语,但他憨厚的笑容,满载着"有朋自远方来,不亦乐乎"的盛情。他引领我们来到一个剧场,那建筑充满了南国的风情色彩。剧场宽敞,舞台是绿色棕榈布景,裸身短裙的男女歌舞鼓号,狂野奔放,剧场沸腾了,台上演员向观众吆喝共舞,台下观众笑场一片,有七八个观众拥上台去,和毛利人一起手舞足蹈起来。剧场仿佛是一个原始部落,把我们拽回到了远古年代。我也如痴如醉,团员们煽动我上台去,我也跃跃欲试。

随后,毛利男人又引领我们去村里观光。村里的屋舍,一式蒲草和棕榈树枝搭建,简陋低矮,估计那是从前住宅的复原。有一间是酋长的"宫殿",那"宫殿"外形也是用蒲草和棕榈树枝搭建的,也是又低又矮,我们躬着腰走了进去。舍内的摆放看上去有点奢侈,床架桌台,多有木骨石

毛利人政府花园,背后故事恸天地

爱歌牧场，见证羊毛出在羊身上

刻等工艺品点缀。其实，毛利人擅长这些制作，家家户户都不缺。毛利人，酋长庶民，一视同仁，不分贵贱，这个土著人的本性就是自由、平等、博爱。

毛利人在罗托鲁阿建立了首府，那里的政府花园由毛利人管辖。我们去了，那是一片绿大的花园，树茂花繁。纪念碑、名人雕像，精致典雅，正面是一幢办公大楼，端庄气派，我照相留念，了足我又一心愿，称了我的心。

在北岛，我们还游览了奥克兰的天空塔、汉密尔顿的世界花园、鲁阿佩胡壮观的热泉，在罗托鲁湖和白鸽亲密，在爱歌牧场看剪羊毛的精彩表演，穿过层层红树林等景点，只是详记了来新西兰的两大心愿，以上这些美好的景物只得推而次之，无足道表了。

第十天，乘南航回国，道一句："Bye bye, New Zealand!"

江南老头闯游关东

（2018年7月31日—8月5日）

看我国地图,似雄鸡,又似秋海棠。东北三省,因在山海关之东,被称为关东,又因土肥地沃,俗称黑土地。而我,喜欢称其为龙(黑龙江),为松花(江),为牡丹(江)。咱是江南老头,很多年前我曾止步山海关关口,今兴趣大发闯关东,去那里看个究竟。

喜看闹剧：溥仪登基又出逃

曾经读过溥仪自传《我的前半生》,或许时年溥仪先生身居全国政协委员,又新婚燕尔,他的自传力透纸背,纸背不免水分漫溢了。百闻不如一见,今天,老汉我闯东关的第一站就去溥仪老宅——"满洲帝国皇帝"宫殿,现已为伪满皇宫博物院。

溥仪,字浩然。其皇宫分外朝、内朝及御花园,皇家气派,浩浩然。步入博物院大门,可以看见一辆玻璃保护的轿车,高贵霸气。

入内朝,西院是溥仪和婉容的寝宫,其间卧室、浴室,用现在的眼光评定,最起码能称得上四星级的标准。再入书房,内置的书案是一架梨木雕龙八屉，案后是高背黄条绒的"御座"，御座右侧有一只方形茶几。导游介绍说，当年溥仪日日在此苦读，读的不是四书五经，是日语启蒙读本。

院内还有佛堂，供桌上有香炉、蜡台。导游说：溥仪起早头等大事便是进佛堂做早课，一年365天，一天不拉。求菩萨保佑是

停放于伪满皇宫博物院内的轿车，物是人非

他的最大心愿。回想溥仪平生，年幼称帝，年号宣统，不料辛亥革命爆发，便做了"清朝末代皇帝"。"末代皇帝"做了9年，即1917年，张勋拥其复辟，龙椅才坐了12天，屁股还没坐热，呜呼，又被拽下龙椅。1934年，做了"伪满皇帝"。

在东院有个"勤民殿"，却非为勤民之地。溥仪在这里，不仅接受了日伪官员朝贺，还签订了《日满议定书》，把我国东三省拱手献给日本侵略者。"勤民殿"实为"亡民殿"也。

在"勤民殿"东侧，有"同德殿"，溥仪钦定此名，意为"日满一德一正"，同呼吸，共命运。在皇宫诸殿里，同德殿最为富丽堂皇，殿内居中正御座系高背沙发，座前铺设一块硕大的熊皮，显示其庄严华贵，可见其媚日之心。

皇宫里，还有怀远楼、缉熙楼、嘉乐殿等建筑，建筑上的一砖一瓦无不书写着日本侵华史。

溥仪设佛堂，烧香磕头，五体投地，求菩萨保佑，却不懂最起码也是最简单佛理：因果二字。当我们走出宫殿，看见在出口处竖立着一座钟台，钟台上挂着一只圆盘时钟，时针定格在9点15分。导游介绍说，那一刻正是溥仪仓皇出逃的时间，时钟成了他的丧钟。1945年日本投降，

溥仪被苏联红军俘获。1950年8月被移交给中国政府，溥仪成为了战犯。在共产党的改造下，获大赦，重新做人了。伏案写了《我的前半生》。天下自传均不能当真，看看而已。实地观看，矗立于此的建筑比纸质的文字更可靠一些。

观赏天池，寻觅水怪

长白山天池，位于长白十六峰的环抱中，其池水的海拔高度为2189.1米。毛泽东有诗云："惊回首，离天三尺三""刺破青天锷未残，天欲堕，赖以拄其间"。可谓大自然的奇迹。长白山天池，是我国最高的火山湖。我遥想天池数十年，今天得以相见，内心激动无比。

长白山，比五岳之尊的泰山还要高出1000多米，杜甫作《天池》诗曰："天池马不到，岚壁鸟才通。"载我们的巴士司机带我们翻山越岭。然而，导游小弟，向我们介绍所谓长白山，就是常年白雪皑皑，把天池掩没了。又说天池十天九雾，一年里多达200多天不露真容。说得我们心里七上八下，个个侧脸看窗外天气情况。

车到山脚，碧空万里，大伙儿欢呼起来。山坡又高又长，大伙儿心往一处想，劲往一处使，躬身弯背，爬、爬、爬，目标就在正前方。"高山之巅无美木，伤于多阳也。"这山坡不见美木，连枯草也不见，沿路沙石一片，更有沙堆垛垛。不巧，我的运动鞋昨天不经跑，破裂了。幸亏一位女团友手巧，用塑料加胶布严严实实包扎，今天才得以穿着上路，此刻步步沙石，我步步为营，小心翼翼拣细沙路行，终于来

天池的传说，凝神细听

到山巅平地。

见天池，天池"如镜""若仙"，团友们无不欣喜若狂，纷纷与仙女合影。我也合影，权当不虚此行。凝视天地，久久发呆，渐渐走神了，入魔了，幻想着天池冒出水怪来。

天池水怪之传说已有数百年，早在清代，《长白山江岗志略》就有记载："池中有物出来，金黄色，首大如盎，方顶有角，长颈多须。"说得有鼻子有眼。中华人民共和国成立后，《光明日报》也曾刊登过一篇报道——《天池怪兽目击记》，言之凿凿，真实不

长白山石穿破我鞋，还我一池天水

虚。直至2013年，中央电视台《走近科学》摄制组到天池科学考察，结论竟是："尚无一个准确答案。"科学乎？总之，无人否定。我呢，好猎奇，宁信其有，不信其无，走火入魔，直至团友蒋慎立夫妇来叫我，我才回过神来。

见天池，水波不兴，望四周，群山屹立。据导游说，天池周围有峰16座，天池对岸的一座青山背后是朝鲜，朝鲜真是我们山水相依的邻邦。

辞别天池，我们续行，去了长白山下的温泉群，去了长白山瀑布，去了小天池、绿渊潭等等景点，景色都很美。但我心里装的还是长白山天池，真可谓"相见时难别亦难"矣。

镜泊湖上见伟人

天下文章，描绘湖光皆多为"清平如镜"，然天下湖泊，以"镜"自命的唯有牡丹江市的"镜泊湖"吧。

来到镜泊湖游船码头，万顷湖水袒露在我的眼前，水平岸阔，我的襟怀也为之敞开。我和同行的邻居蒋慎立、邹明丽夫妇，兴奋疾步踏上游船。鸡飞似的游客们叽叽喳喳抢占座位，我乜"老鬼"，径直走向船头，悠悠凭栏。船舱里人声嘈杂，唯有船头发动机发出的有节奏的韵律，犹如男低音。风带着鸽铃，掠过耳边。午后的秋阳，懒洋洋，映在湖面上，湖面透亮，真如"镜"。

极目无垠，我们左顾右盼，湖岸峰峦叠翠，同行的邹明丽女士，眼明眸丽，惊喜喊道："毛主席！毛主席！"我们顺着她手指的方向看去，惊讶不已。正前方的一座山岭，就像一个平仰的身躯，山岭之首酷似毛泽东的头像，那开阔的前额，挺拔的鼻梁，丰满的脸颊，厚实的下巴，其模样，就像当

镜泊湖，俯仰两青天

年我去北京毛泽东纪念堂里，亲见毛主席的遗容，只是眼前的毛主席似熟睡一般，安详地呼吸着。此刻，广播里播音员正说着："前方的这座山，名叫毛公山。"毛公山，多么确切感人的名字呀！我们深情凝望，天蓝水绿，山色深宏壮严，耳边回响起毛泽东宏亮的声音："江山如此多娇，数风流人物，还看今朝。"看今朝，伟人毛泽东，在多娇的镜泊湖，风流神州江山。

镜泊湖，南北长45千米，游船来回一个多小时。船舱里，依然嘈嘈切切，操着各地方言的游人们，千姿百态。镜泊湖，就是一面明镜，照透人生百态。此景，此情，很精彩。

上岸，我们去观看"长白山大关东文化园"，我乃江南老头，品尝那关东风土人情，别有风味。接着去一个朝鲜民俗村，在一家朝鲜族的村民家席地而坐，一位中年女主人给我们聊好听的民俗，我们也解囊买了她家自产的人参，满意而归。

牡丹江市一天的游览，好像看了一天盛开的牡丹，红牡丹，白牡丹，我们的人生也似国色天香，很美，很精彩。

假借鱼儿作太阳

明媚的夏日里天空多云晴朗
美丽的太阳岛多么令人神往
带着垂钓的鱼竿
带着露营的蓬帐
我们来到太阳岛上
……

恰逢"夏日里"，我也来到"美丽的太阳岛"上。这首《太阳岛上》之歌，很多年前被著名歌唱家郑绪岚唱红，风靡四方。游人们带着鱼竿蓬帐前往，岂料，登岛一瞧，满眼荒蛮芜杂，崎岖鸟道，大呼上当，纷纷吐槽郑绪岚。可怜郑绪岚蒙冤受屈，绝唱这首歌。然而当地智者体悟太阳岛是潜力股，筹资开发打造,借太阳岛美名,"太阳山""太阳湖"等景点,拔地而起,太阳岛,又红了。

今天,天空浮云蔽日,不晴朗。天上不见太阳,入口处,一块巨石红彤彤,"太阳岛"三个大字,把太阳搬在地上了。

入岛,浓绿葱郁,一路铺展。东亭西阁,次第扑面而来,山丘起伏延绵,心情为之激荡起来。我们踏上石梯路,小丘,回廊楹联,静若处子,这里就是新景"太阳山"。俯瞰山下,一池碧水,清冽冽的引诱我们,这也是新景"太阳湖"。我们欣然下山,直去湖畔。小亭可人,水榭清心,可乐坏了我们的女团员们,她们三五成行拍照留念,高光美颜,胜比太阳湖。我喜欢独行,弯弯绕绕,走向幽深,遁入无人之境。惊鸿一瞥,"松鼠林"路牌赫然在目,树林密密,并无松鼠身影,走近时,一间间可爱的小屋,小松鼠们从屋内用鼠眼打量我,有好奇的,有惊慌的,殊不知其身囚禁在牢房。正看着,远处导游哇哇喊叫,这岛方圆38平方千米,我孑然一身在无人境地,把他吓坏了。我连连道歉,他脸色阴阳交错,嗔怪道:"老先生,你怎么一个人乱走?"我幽默一笑说:"太阳岛上找太阳",弄得他哭笑不得:"这老头!"

太阳岛上无太阳,太阳在天上。这太阳岛之名纯属"忽悠"。这岛原本是渔场,盛产鳊花鱼,鳊花鱼中有一类圆形,叫圆鳊花鱼,满族人语为"太阳"鱼,太阳是圆鳊花,倘若按咱汉族人叫"鳊花鱼岛",那真是大煞风景了。这首《太阳岛上》,正宗应为《鳊花鱼岛上》,试想,怎教郑绪岚抒情开腔?游客们让关东人"忽悠"了。我们来到岛上,没带鱼竿,没带蓬帐,没让"忽悠",到此一游罢了。

离岛去江,这里是松花江,一首抗日歌曲《松花江上》,让

太阳照在太阳岛上

脚行 2018 年

哈尔滨中央大街，街石低吟冰雪《三套车》

全国人民记住了。江边有一个公园，其园名为"斯大林公园"，让我激荡。回想那年游俄罗斯，莫斯科红场里，斯大林墓被毁了，心里怅然。

在哈尔滨，我们观看了俄罗斯建筑圣·索菲亚大教堂，走了沙皇留下的数万块砖石的中央大街，吃了俄罗斯的大列巴。哈尔滨被誉为"东方莫斯科"，没错。

明月今夜照我还

今朝，咱江南老头闯罢关东，重归江南故里。"春风又绿江南岸"，明月今夜照我还。

腾冲奇观

(2018年11月25日—12月1日)

第一天　上海—昆明

寻迹徐霞客

云南有一个美丽的昵称"彩云之南"。彩云七色，赤橙黄绿青蓝紫，云南霓虹似的彩色，我前前后后见过五六种颜色，这一回出游，特地要去看看一片红色：腾冲火山群。远在300多年前，伟大的旅行家徐霞客，靠着两条腿，跋山涉水，考察过这片红色的奇观。江山留胜迹，老汉我年逾八旬，不嫌路远，载欣载奔，兴冲冲，冲向腾冲，追寻徐老先生的足迹。

乘坐东航的飞机，下午5点起飞，腾云驾雾，三个小时就抵达昆明长水机场。

夜宿一家名为云间的养生公寓，独居一房，室内一束鲜花，满壁生辉，夜阑人静，卧眠云间公寓，仿佛飘飘然，仙人一般。

第二天　昆明—普者黑

普者黑山水甲云南

清晨，阳光和煦，动车风驰电掣，送我们去普者黑，这个地名里嵌个黑字，似乎有黑乎乎的感觉。其实非也，普者黑是彝族人的话，意为："池塘里长满了鱼"，黑即鱼也，凸显了这里是鱼米之乡啊。普者黑还有个"小桂林"的美誉，普者黑山水甲云南。

这里的湿地公园被评为全国重点湿地。湿地里有个湖泊，湖畔一字儿排

普者黑湖水，遥远的思念

开柳叶舟，我们四人共撑一船，小舟似一片柳叶漂浮在湖面。船老大撑篙，我们划桨，悠悠晃晃，与水天共青青。

过情人湖、仙人湖，秀山倒映，和水底的水草共同起舞。我们酒醉一般，吆喝船老大唱支山歌给我们听，憨厚的船老大慷慨送上一曲，沧桑的歌喉，低沉悠长，紫膛色的脸上笑容盈盈。此景此情，我的眼睛湿润了，似泪目，似湖水映入眼帘。这个水天舞台上，演着一出人间喜剧。

上岸，火把洞。火把洞在青龙山下，一个天然溶洞，以彝族人的火把节命名。洞内彩灯缤纷，钟乳石洁白如玉，石笋晶莹剔透，石柱清淡雅致，千姿百态，目不暇接。清泉潺潺，在一泓水池边，壁立一座峰峦，也是钟乳石

菜花箐，马夫的一生情

积淀。平心而论，此洞远比浙江的灵山幻境、瑶琳仙境等溶洞逊色许多，但出现在云贵高原上，也是奇观。它们年龄都有上万年，观看时的感觉比之瑶琳仙境更令我震撼。

接着去菜花箐，一个山谷里的苗族村寨，因菜花遍谷而得名。路口有马车可往，车厢简陋，女士们上了车。我萌发童心，佯装老马夫，牵一匹老马合影，女士们笑得合不拢嘴，瞧这老顽童！

村寨山青青，水秀秀，恰似一个"藏在深闺人不知"的俏佳人。不久前，电视连续剧《三生三世十里桃花》在这里取景，"一朝得见天下闻"，声名鹊起，菜花姑娘交上了桃花运。

夜宿丘北县县中心的宾馆。晚饭后散步，去新地方看新鲜，缓步来到一个广场，有牌楼耸立，上书"椒莲广场"，因此地盛产辣椒、莲心，取了一个老老实实的广场名。

广场上，全国一个模式，跳广场舞。但这里的广场舞曲既不是时髦的红歌，也非具有地方色彩的民歌，唱的是佛语"南无阿弥陀佛"，这里盛行佛教。有意思的是，全曲八节，近20分钟，从头到尾就唱这么一句。佛教入世了，随俗了，无所谓六根清净了。有高僧说过，心诚则灵，一句即达彼岸。千信万信还得六根清净："春有百花秋有月，夏有凉风冬有雪，若无闲事挂心头，便是人间好时节。"（宋·慧开禅师《平常是道》）凡事清心就好。

第三天　普者黑—昆明

天生一个仙人洞

晨光挽着清风，伴送我们去仙人洞村。"天生一个仙人洞，无限风光在险峰。"伟人的吟唱犹在耳畔回响。

村口，迎接我们的是打扮艳丽的村舍，一排排夹道伫立，清一色的木质建筑，吊木窗，花木窗，花枝招展，这里是撒尼人箫管笙歌的仙境。

天鹅湖，舞动往日的梦

  小村寨很静很静，偶遇一两个村里人，也是脚步轻轻，悠哉悠哉。导游说，小村仅有200多户人家。路边柴门敞开，有一位撒尼老妇人，在织布机前专注着流淌的丝线，老妇人身着装饰五彩斑斓，眉慈目善，宁静纯净的神态，吸引了我们团里的摄影大师邹忠清、王以永、王远仙的目光，在相机中留住了撒尼老妇人的身影。

  村寨地理位置极佳，背青山，面绿水。即现在说的"绿水青山，就是金山银山。"如此弹丸之地竟然夺得全县首富，赢来全国文明村的美誉！我们徜徉在村外的仙人湖畔，仙人般的湖光山色令人醉。湖岸座落了一家客栈，门前一池碧水，有残荷数枝，呈秋色一片。倘若夜宿客栈，侧耳静听雨打残荷，"秋阴不散霜飞晚"，一曲秋声，忧也散，愁也散。

  仙人洞村真有一个仙人洞，藏在村边的青山里，导游说，这是一个溶洞，洞里的钟乳石多像仙人，故名仙人洞，但我们不安排去。不去有何妨？遥想"无限风光在险峰"，仙女们飘然下凡来，雨花洒在我的身上，美也，香也。

  午后来到天鹅湖，天蓝蓝。我们像天鹅一般，个个"曲项向天"看，不见天鹅飞翔，唯有朵朵白云。低头望湖面，却不见天鹅跳舞，唯有波光粼粼。正叹息着，湖区管理人员前来安慰，待下午2点，会给大家带来惊喜的。无奈之下，只得等待，到休憩站、风景亭、摄影平台等处磨时间。

正是下午2点，有团员一声惊呼："看啊！"大家刷的扭头，向着那位团员手指的方向望去。惊喜的一幕展现在我们的眼前，成群的天鹅，亮亮闪闪，在秋阳的护送下，扑腾着向我们相拥而来，依偎在我们身边。我们个个乐不可支，或喂食，或泼水，和鹅宝宝们近距离的亲密。宝宝们也鸣叫传情。大伙笑声脆脆，溅落湖面，湖水笑靥涟涟。

我喜欢独自发呆，蹲在湖畔桥下，一湖柔波濡湿心田，看红掌拨青波，听天鹅鸣清音，朦胧醉意。耳畔隐隐传来芭蕾《天鹅湖》的旋律，醉眼里，映着50年前的一幕——我在上海文化广场，观看苏联芭蕾舞团演出《天鹅湖》的情景。那四只小天鹅轻盈欢快的倩影历历在目。还有双簧管的温柔忧伤，小提琴中提琴如诉如泣，述说着公主王子的恋情，令我肝肠寸断，那会儿，我还正在花前月下，撩拨着我的心弦。而如今，芳华不再，金婚日近，可叹也可贺。望天鹅，半醉半醒，直至导游声声催喊，方才惊醒过来。

第四天　昆明—腾冲

银杏火红，空山无色

今天飞腾冲。说来也怪，小小腾冲，连行政区号也没有，怎么会有机场呢？

导游解释说，昆明至腾冲，一路崎岖险隘，或绝壁千仞，或深渊万丈，堪比"蜀道难，难于上青天"。然而，腾冲不可小觑，它是通往东南亚的重要门户，号称"极边第一城"。路难行，天可架通，机场应运而生。

腾冲毗邻缅甸，一个跨步就出国境。那里盛产玉石翡翠，令那些企图一夜暴富者们以身试法，偷越被获。我们的女导游把重要的事情连连说了三遍：不要越界。她不谙我们上海人，有一种天生的智慧，凡事都三思而行。

乘坐东航飞机，一小时即抵达腾冲机场，机场名字叫驼峰，寓意高原上的山峰，很形象。

腾冲第一站，去银杏村。

正值深秋，银杏叶几经霜打，黄金似的灿。腾冲银杏村，名列"中国十大银杏树"之一，此时正是观赏的好时节，我们信步走来。

银杏村，浓缩秋天的美

"村在林中，林在村中"，进村一刻，片片黄金甲，披上身来，金色抚摸着我，脚底沙沙沙沙，好一片清秋，好一曲秋声。村子小小，却豪气十足，银杏树多达6 000株，有一株高龄600多岁，堪称树中"老佛爷"，据说是村里的先民从北方迁徙这里时带来的，留住了故乡的根，留住了乡愁。

我喜欢独行，漫步转悠，走到僻静的一家农舍，见柴门洞开，无人影，进了一个宽阔的庭院，那古旧的老屋估计已有上百年的历史。院子一角是牛棚，一头壮实的老黄牛站在木柱旁，我看看他，他看看我，两相无语，心照不宣。英国诗人约翰·伯格曾这样描述剑桥："书院大道旁的丁香花的香味和牛棚里牛身上的味道差不多，有一股祥和懒散的气息。"我何尝不是这样。

秋空净，黄金叶，望秋何须愁。休说"觉人间，万事到秋都摇落"。别了，辛弃疾，难别腾冲银杏村。

午后去火山遗址——小空山。

空山，《世说新语》有"空洞无物"之说，莫非那里"空山无色"？走去瞧瞧吧！

乘大巴，一路有秋阳陪伴，再改乘电瓶车上小空山。

窄窄电瓶车，曲曲羊肠道，一边是荒山，一边是绝壁，海拔2 000米，似无穷尽。

下车,劈面一堵岩嶂,镌刻"小空山"三个楷书。四望空山,真乃一片空也,光秃秃,无青色可寻。遍野熔岩覆盖,焦黄焦黄,改用一句古诗形容,真可谓:空山鸟飞绝,万径草踪灭!

咫尺之外,一个硕大的窟窿,滚圆似锅,可称

小空山,"子规啼夜月,愁空山"(李白)

万人锅,锅内空无一粟,唯有焦土垒垒。沿锅有新铺的木栈,我们绕着这个窟窿行走,不忍一睹,直径150米,深达50米,这就是火山爆发的火山口,4 000多年前!遥想当年,那惨绝的一刻,树木花草,飞禽走兽,甚至山下的村庄皆毁于一旦,生灵涂炭。如今被旅游部门描述为"大自然造化神功,独具魅力的风景名胜",情何以堪!

腾冲火山群,景点多达86处,小空山、大空山比较著名。还有柱状节,火山的冲刷,让山体形成波纹,岩石变得柔顺温婉,都是地质奇观。这里是地质学家的天地,对旅游爱好者来说,只是到此一游,开开眼界而已。"空洞无物"的文章难卒读,"空山无色"的景点不忍看,借助佛语:"色不异空,空不异色""照见五蕴皆空",聊以心灵慰藉。

别了,小空山。

第五天 腾冲

热海风景区,热血国殇墓园

清晨,秋风挟着晨霜,冷冰冰的摩挲我的脸。裹紧围巾急步行。猛一

抬头,前方牌楼赫然一块匾额:"热海风景区"。当头一个热字,驱散了秋寒。

步入景区,只见绿色的山坡。循着草木山路,弯弯流水,山谷中水气冉冉。水气生处,见一处活泉,飞腾喷射,其高度超越巨人姚明。此泉岩壁刻着三个字:蛤蟆嘴,蛤蟆整日整夜喷热泉,就如金庸笔下的蛤蟆功。过

热海大滚锅,滚热的人生

仙人桥,蓝天一片闪亮的珍珠,数以千万颗,此乃珍珠泉。遂行百步,耳闻隆隆鼓声,见泉水奔腾,泉名"鼓鸣泉"很确切。

阳光明晃晃,远处岩壁,酷似一尊石雕,泼墨一般飘然下来,线条柔和,似彩色衣裙,取了一个美名:泉华裙,十分般配二八佳人。热泉也不乏怪名,眼前一只泉井,名怀胎井,令男女恋人羞红了脸,偷偷一看即匆匆离去。也有人与其留影,或以为是送子观音。热海景区,活泉多达80余处,最壮观的活泉当属大滚锅,这泉形似大锅,直径达6米,水温近百度,大滚锅,沸滚,沸滚,无不令人热血沸腾,纷纷留影,我也为之触动,只穿一件夏日穿的浅红色衬衫,摆pose留

手抓簸箕饭,返祖的快感

影，心境开朗，蹦出一句流行语："世界真奇妙！"

今天午餐不一般，品尝当地美食——手抓簸箕饭。圆桌上放着一只大簸箕，簸箕中心置火锅，火锅四周，也是当地的佳肴。我们戴上了塑料手套，欣喜不已，你抓我抓，好似回到了原始社会里，边吞边笑，差点噎住。

餐后去腾冲国殇墓园，心一下子变得沉重起来，腿脚如灌铅一般。

腾冲，是抗日战争中，中国军队收复的第一个城镇，战斗惨烈，墓园长眠着近万名英灵！

国殇墓园建于 1945 年 1 月，日寇投降前夕。进入松柏夹道，循石阶拾级而上，迎面是一块纪念碑，上书"碧玉千秋"，为蒋中正题。再上台阶为忠烈祠，上檐匾额"河岳英灵"，也为蒋中正题写。祠内正面是中山先生像及其遗嘱，"革命尚未成功，同志尚需努力。"掷地有声。两侧墙体碑石镌刻着阵亡将士英名，计 9 618 人！

出忠烈祠，顺坡自下而上一排碑林，石碑下安葬着阵亡将士的遗骸。上坡顶，高高矗立纪念碑，镌刻着"民族英雄"四个大字，我们肃立默哀，献上一朵朵小黄花，黄花，旷野里颜色最鲜艳夺目的花朵，献给我们的民族英雄。愿他们与苍松翠柏为伴，和我们共享新中国的昌盛岁月。

离园，近门左侧，见一个隆起的土堆，上书"倭冢"，我的心头为之一震，那是埋葬亡故日军的坟墓。日寇双手沾满了我们同胞的鲜血，我们同胞却在自己的土地上让他们安息，何等仁爱！这些日军或可怜悯，他们有为日本战犯所惑所迫，离妻别子，泪别父母双亲，平头百姓，命丧黄泉，安葬他们，恰恰彰显了孙中山先生的倡导：博爱。

第六天　腾冲—昆明

古镇和顺，瀑布飞腾

和顺古镇，多年前即上榜中国十大魅力名镇。魅力何在？我们去看个究竟。

古镇入口,劈面一堵壁刻:"和顺"。寓意和和顺顺。

进镇,一条古朴平直的山石路,右侧遍布深厚凝重的明清建筑,祠堂、牌坊、老宅,古意扑面而来。左侧一弯清通灵秀的小河绕村流淌。阳和惠风,且听古镇老者吟诗:"远山茫苍苍,近水河悠扬,万字坡坨下,绝胜小苏杭。"滇西江南水乡,名不虚传。

和顺古镇,人发大愿,和和顺顺

古镇人不多,仅有 6 000 多人,旅居海外的侨胞却有 12 000 人,多出 1 倍。水边一洗衣亭可佐证,小亭墙壁有"遮蔽风水"四个字,正是远走他乡的男人对家乡女人的馈赠,让女人们水边远望,寄托相思。

古镇,老街,水青,人善(图右为团友水青)

古镇虽小，却拥有一个很大的乡村图书馆。仅古籍珍本就收藏了1万多册。这里更像花园，青葱环绕，花气伴着书卷气，可谓读书人的圣地。

你可真别说，这个古镇文人辈出，闻名于世的有个艾思奇，《辞海》上有条目，定论"中国哲学家"。走进他的故居，前厅屏风上是毛泽东的亲笔题词："学者，战士，真诚的人。"高度评价了艾思奇的一生。

我曾见过无数瀑布，大有黄果树，小有西施故里五泄，国外瑞士的米伦瀑布也见到过，凡瀑布皆在远方的深山里，唯有腾冲叠水河瀑布是在城中，乃天下奇观也。难怪见多识广的徐霞客也循迹而来，还详尽记录，惊叹曰："其水从左峡中透空平坠而下……，水分三派飞腾……，中如帘，左如布，右如柱，势极雄壮。"

暖阳微曛，一入山间，便被隐隐瀑布声唤醒。跨过一座名为太极的石桥，桥边一亭，亭内镌刻太极图，亭的石匾刻"观瀑"二字。顺坡走下石阶，对面危岩顶上，瀑布直泻，长达50多米，以半空白皑皑，跌入深潭，对面潭水之上，飞架一弯彩虹，让我们欣喜若狂，一行的老头老太老顽童似的，笑声连连，摆着架势留影，带回家，留作久久的回忆。

在景色可餐的玉泉阁用晚餐，餐后乘东航飞机回昆明。

第七天 昆明

五百里滇池，上千年官渡

清风如绸，湖色如锦，伫立滇池梗堤，逸兴遄流。湖畔大观楼的长联涌上心头来："五百里滇池，奔来眼底。披襟岸帻，喜茫茫，空阔无边……"

海埂之滨，天上、湖上、岸上，满世界的红嘴鸥，白亮亮的羽翼，红彤彤的嘴，令人目醉神摇。红嘴鸥们从严寒的西伯利亚迁徙，借滇池取暖，它们用感恩之情和人类亲近，或在人们的脚边缠绕，或在人们的头顶戏闹，百般娇妍。人们也爱如己出，满怀喜悦。我们团里的奶奶们像哄自家的孙辈们似的，张开掌心里的面包块、馒头粒逗引它们，待小精灵们飞来一叼，即与其合影,高兴得如同获得一份得奖证书,又跳又喊,得意忘形。

滇池洋洋五百里,本名昆明湖,何以称为池呢?登上湖边的西山山顶俯瞰,恰如李贺所言:"一泓海水杯中泻",昆明湖,一汪池水也。年轻时,我曾登临过西山,那时腿脚骏马似的,一口气奔跑至近山顶的"龙门"口,一望门楣"龙门"二字,喜不自禁,拍照留影,期盼有朝一日鲤鱼跳龙门。惜如今,仍然是门下一名小卒。原来,鄙人不是鲤鱼,乃是小池塘里的一条塘鳢鱼,命该如此吧!

古镇名官渡,布衣老夫今渡也

古镇在滇池岸边。古时官员们上昆明,在此摆渡,就有了官渡之名。

古镇本是一个小小的村落,上下千年,出产了文物古迹30余处,列为五山、六寺、七阁、八庙,可说是一步一景,步移景换。最出镜的当属金刚塔——国家级重点文物保护单位。过老牌楼、古戏楼、双塔、法定寺、土主庙、观音寺,一路到达少林寺广场,金刚塔赫然在望。这是明代建筑,其模样如同北京北海公园的白塔,同属藏式喇嘛塔,五个塔尖直指蓝天,在秋日阳光的照射下,铜制的华盖,闪耀着神秘的光芒。在地宫里,塔底布满了螺蛳壳,很少见。塔座台下四面有券洞,可通马车,或许专为官渡们祈福而定制的吧。

第八天 昆明—上海

春光花市，过桥米线

今天要离别昆明了，昆明花市场是春城的缩影，有诗云："天气常如二三月，花枝不断四时春。"去花市场，披一身春光，回上海度过严寒的冬天。

花市场，足球场的宽阔，上下两层，有上下电梯。可谓花花世界，眼花缭乱，盆盆鲜，朵朵艳，恨不得全部搬到上海家里。携带太不方便，全团一个人也未买，但个个赚得一身香气，满意而归。

今日午餐，是在昆明最后的一顿午餐，得尝一尝昆明最美味的过桥米线，郭沫若曾赞誉它是"云南食品中的一朵瑰丽的山茶"。我们落坐在昆明著名的过桥米线餐馆，确实正宗地道，其碗以大著称，一大碗熟米粉条，再一大碗滚烫的鸡汤，加上一盆配料，有薄片牛肉、猪肝和新鲜蔬菜。一边吃，一边想着过桥米线的传说，羡慕那位明末的秀才，家有佳妻，发明了传世美食。

今天恰逢团员邹忠清先生的60华诞，小邹慷慨解囊，宴请各位同庆，满堂"祝你生日快乐"的祝贺，使得过桥米线味更美。

餐后即赴机场，仍坐东航班机返沪。

八天游，玩好，吃好，回到暖暖的家中。踏进家门，给久候的妻子送上一盒云南特色鲜花饼，献上一份芳香，一份甜美，一份爱意。

千灯古镇千千灯

（2018年2月8日）

约摸30年前，我曾随单位集体游过千灯古镇，今日重游。重游有忆，怕古镇旧貌换新颜。

千灯古镇邻近在上海边上,一步跨出上海,就站在古镇牌楼跟前了。"千灯古镇"四字匾额秀润幽韵,进门殿,一湾平波,河名就叫千灯浦,水碧岸绿,一条长街比肩而立。花岗岩的街面,历经2500年的风雨洗刷,光可鉴人。两侧街屋,墙瓦斑驳,无车马喧闹,无商贩叫喊,古镇如前,布衣金钗,足踩微音,思古之幽情油然生起。古迹接踵而来,老屋里有古人可寻。

他叫顾坚,元代元老,乃昆曲鼻祖。昆曲诞生早于京剧几百年,以曲调典雅、行腔婉转、表演细腻而著称。纪念馆的旧宅白墙灰砖,端庄秀丽,屋如其人,顾坚面貌清癯,神态超逸。耳畔萦绕他的"水磨调",舒徐清丽。在纪念馆的牡丹亭里,杜丽娘琵琶叮咚,声声吟唱:"不到园林怎知春色如许"。顾坚老先生栽培的幽兰,芳香遍寰宇,被列为"联合国人类文化遗产"。他没有留下遗嘱,却留下了丰厚的遗产,享誉世界。南腔优柔圆美流转,入耳入心。

续行,一栋五进庭院,院墙砖雕,飞檐古朴。这里是顾炎武旧居。过水墙门、门厅、清厅、明厅,在"贻安堂",老人手执八十万言的《日知录》,目光如炬,声如洪钟,余音绕中华:"天下兴亡,匹夫有责!"出宅来到顾老先生的墓地,这位明末清初与黄宗羲、王夫子并称为明末清初"三大儒"的杰出思想家,安然入睡,他九泉有知,今日中国,山河锦绣,国泰民安。亭林先生梦想成真,安息了。

比顾坚、顾炎武还要年长好些辈分的是徐福,他是秦始皇的方士,始皇对他言

千灯古镇恒升桥,高塔水长流

听计从，命其率数千童男童女去蓬莱寻找仙药，以求长生不老。徐福跋山涉水，中途来千灯古镇小憩，沐浴更衣后继续东渡，竟一去不复返。可怜秦始皇年未老即驾崩。岂料徐福不死，被东瀛尊为"司农耕神""医药之神"。其子徐延终老在千灯古镇上，镇上有纪念馆，更有一座1500多年的延福禅寺，延福或许就是讨徐延徐福的口彩，古寺有一尊卧佛，乃世界第一大卧佛，载入吉尼斯世界纪录。古镇果然延福了。

值得一提的是，秦始皇竟也来到古镇巡游，镇上的秦宝山、秦峰塔是见证。古镇名不虚传。

长街行，时空穿越，往古又返今，今日镇上有一新景，名千灯灯馆，这是今天古镇人的智慧所在。千灯古镇，原名千墩古镇，土墩老土，遂改墩为灯，一字之改，果然灯火万千，被列入国家级4A景区。古镇人为正名，开设千灯博物馆，馆藏灯具上千，始隋朝至近代，质地有陶、石、铜、瓷等，造型有宫廷行灯、书案座灯种种，令观者眼花缭乱。观灯咏史，灯的历史是人类追求光明的史诗，千灯古镇，光明历史的缩影。

古镇河绕水环，街桥相接，有明清石拱桥7座，名气最大的恒升桥，寓言久久高升。30多年前的那次单位集体游，就在恒升桥畔，同事小燕子和我同框留念，舟楫帆影里，小燕子"步步高升"，如今也当上了丈母娘，笑逐颜开。

千灯古镇，灯火澄澄，和顺安祥，重游无憾。

上海大世界，变小了

（2018年2月22日）

今天和女儿、外孙去白相大世界。

"白相大世界"是上海人的口头语，在上海人的眼里，上海大世界游乐场的名气远远盖过迪士尼乐园。

大世界，上海人戏称"三六九"，从字面上解读，大字三笔，世字的异体字"卋"六笔，界字九笔，"三六九"是也。上海人擅长用切口使"坏水"，"三六九拿现钞"，揶喻赚钱就走人，还把"三六九"指称解放前敲竹杠的警察，这源自一部家喻户晓的滑稽戏《七十二家房客》，戏里的流氓警察的警号就是"369"。而"三六九"——大世界解放前正是流氓头子黄金荣的地盘，称大世界为"三六九"，可见上海人使"坏水"之精了。

大世界哈哈镜，喜剧大师

回溯上海大世界游乐场的历史，开场于1917年辛亥革命之前，如今已是百岁老人了。诞生那会儿，盛况空前。著名海派作家、上海大学出版社常务副总编傅玉芳的父亲傅湘源，在其长篇小说《上海滩野史》里便对此有过精彩叙述："各个场所设置多种多样新奇的游玩东西，诸如备养了十余只小驴子给游客骑驴。还有坐风车、吹橡皮牛、拳击电磅、拉杠铃、吃角子老虎、打落台、套金刚、吊王八等等新奇的玩意。另有人面蛇身、三脚人、两人合一体、大头娃娃等等奇异怪物展出……为了要使广大游客入场游览一畅胸襟，相以为欢，在新建大门入口处，两廊各设凹凸镜六块。因为这种镜子造型特异，波度不同，有凹有凸，游人身站镜前一照，或长或短，或胖或瘦，显出人像之特异，彼此无不捧腹大笑，就名为哈哈镜……"，一百多年前，甚至早于辛亥革命，这座大世界游乐场无疑是一场游乐革命，其人潮之汹涌可想而知了。

大世界过了而立之年，雄风不减，但已被正宗上海人作为讥诮之言："乡下人白相大世界"。上海人已不玩了，而万千乡下人来沪必去大世界，我是宁波乡下小顽头，正宗"乡下人"，十来岁到上海，也去"白相大世界"

了。进门就见那哈哈镜，镜里的我变得奇出怪样，以为那是照妖镜，落荒而逃。走进场子，挤挤挨挨，真是人山人海满世界，楼面楼上出演各地戏曲曲艺，还有魔术、杂技、武术，我是"洋盘"，只图看个热闹，小身子，在大人屁股之间挤来挤去，从这间到那间窜来窜去，头一回见到这样大场面，玩得"一天世界"。

屈指算来，今天重游已过了70多年，我老了，大世界呢？还老而弥坚吗？

门外，门可罗雀，也许60元一张的高价把"乡下人白相大世界"的俗语废掉了。进门，没见到让人捧腹的哈哈镜，走出道口是中央露天舞台，台上无戏无人，空空如也，广场上零零碎碎的游客也就走过路过了。楼下楼上，不见戏曲歌舞，也无丝竹笙箫，唯一可看的是二楼非遗文化展，一件件都是难得一见的国家级遗产，举办方也是精心布局，每间都有非遗传人坐镇，只可惜这些非遗传人多正襟危坐，没有和观众互动，游荡的观众也是不解其妙，不解而过。整个大世界，可谓惨淡经营，百岁老人，元气大伤了。直到走到出口处，总算见到了哈哈镜，有几拨游人一边照镜一边哈哈，这里有点人气。我的小外孙见了，竟然不屑一顾，说网上的动漫比这小玩意儿"牛逼"多了，我只能一声叹息。

大世界游乐场，百年变迁，印证了成语沧海桑田。如今，"世界那么大"，大世界自然变小了。这便是岁序交替，物换星移，历史潮流，后浪推前浪，前浪不再壮观了。

海盐好滋味，绮园真绮丽

（2018年5月7日）

有道是："吃净滋味盐好，走尽天下娘好。"将食盐比喻母亲，可见盐的滋味何等美好。倘若世间无盐，人的口福肯定七折八扣了。幸好，咱地球大恩大德，盐乃是"地壳的主要构成部分"（见《辞海》）。天下井盐、湖盐、海盐，取之不尽，用之不竭，众生得福了。去一个以海盐命名的县，尝一口好滋味，值！

清早，天冒亮，市中心的人民广场还在云里雾里，发车疾驰嘉兴，直入海盐古城，太阳挂在半天了，没有去过的地方总是美好的，心头浮起莫名的愉悦，禁不住喊一声："海盐，你好！"

大巴停在靖海门，进门，天宽地阔，迎面一堵堤岸，长长的不见首尾。我们一帮三四十游人兴奋着倚岸远望，然而个个叹息失望，堤外，大海难以目及，满野一片泥沙滩涂，灰褐暗淡，漫无际涯。我去过崇明围海造田，知道这滩涂是盐碱地，是盐的浸润沉积。极目远眺，海滩尽处，仍是一线蓝色。心生浮念，海盐，海在何处？

海盐县，起名于秦朝，那时，"海滨广斥，盐田相连"。今日《辞海》也证实："因古时县境濒海，盐田广布而得名海盐"。古时濒海，而今唯见滩涂，光阴荏苒，千年变迁，"沧海桑田"，此地是这个成语最确切的印证。

凝视沙滩，前朝景像浮现眼前，这滩涂本是盐田。《宋史·货志》记载："垦地为畦，引池水沃之，谓之移盐，人耗则盐成。"老话说："人生三大苦，打铁、晒盐、磨豆腐。"盐工们为盐成而"耗"，其艰辛不言而喻。近代造盐，趋于成熟："晒于池，其形颗，熬于盘，其形散。"首先，趁涨潮时将海水引入深渠，用水车车入第一排水田般的方格里，太阳暴晒，再车入第二排，以此类推，车入第三排第四排，结晶成盐。劳动者把地壳原产盐，制成食用盐，既艰辛更显人的智慧，是人创造了好滋味，世界是人创造的，这不是口号，是真理。

海滨公园建有生态绿化景地、盐田广场、高墙浮雕、曲径茶亭等景点，漫步其间，清风沁鼻，似有丝丝咸味，远方有海。

海盐有美味，还有一处美景：绮园。

坦率说，我绝无夜郎自大的资格，但难免自以为是。我曾经为旅行社的导游培训班讲授"园林"课目，头头是道，好像是园林泰斗陈从周的得意门生。而眼下，身为浙江人，居然对地处浙江海盐县的绮园茫然无知，绮园煌煌，收录在上海古籍出版社编著的《十大名园》里，且被列入全国重点文物保护单位、4A级国家旅游景区，这是自己的浅陋，由此看来，我还是绕不过夜郎自大的沟壑了。

绮园在海盐城的市中心，像个闹市里的隐居者。

入园，过门楼，花草拥径，古树林立，苍老遒劲，浓荫如伞。导游说，绮园百年古树达40余株，我看那粗壮的腰围，年轮大我年龄，我庆幸自己还算年轻的。

踏石径小道，放眼望去，亭轩点点，竟无高阁飞檐，山水画似的留白，异常清丽。园内没有苏州园林常见的精舍台阁，却有浙江园林独树一帜的风味，令我满心的喜欢。

绮园，假山险峻，绵延不绝，散发着"横看成岭侧成峰"的诗韵，绿水环流，"水随山转，山因水活"，这是"叠山理水"的园论。山洞深邃，迷境好玩。我爱登山，假山绝顶有小亭翼然，名隐亭。隐匿亭内，窥看四环园色，新娘似的可爱。这园林，乃是清代剧作家黄燮清给小女儿的陪奁，取名"绮园"，"妆奁绮丽"是也。从山顶腑瞰，绮丽美景一一收在眼底，有"潭影九曲""古藤盘云""风荷夕照""美人照镜"等八景，处处婉约灵秀，清新安逸，世外桃源的宁静，像是一部航拍风景片。

绮园有李清照的婉约，也有辛弃疾的豪放，浙江园林的经典兼具婉约和豪放风格，相比被奉为"世界文化遗产"的苏州园林、"天下三分明月夜，二分无赖是扬州"的扬州园林，我更偏爱我们的浙江园林，"谁不说咱家乡好"呢！

人有偏爱，毋须理由。

作别故乡

（2018年10月12日—14日）

正值杖朝之龄，倘若问我，80年来最思念什么，我会立马连说三遍：

故乡，故乡，故乡！

　　故乡，心里常有种种情愫被撩拨，教我如何不思念，故乡有我视为己出的奶妈，有养育我整个童年的老祖母，有陪伴我至亲的堂姐、堂姐夫，有尊称我为长辈的侄儿女们，有我父母双亲的安息地，还有启蒙我的私塾和小学堂，等等，难以忘怀，难以割舍。故乡，我人生的原点，心灵的始发地，情感的摇篮，智慧的泥田。故乡，解答了我的人生天问：我是谁？我从哪里来？

　　回故乡，几回回？数不清了。单说近十年，2011年在回故乡之后，我写了《初恋》《青瓷》两篇回忆文章，收集在拙著《痴人笔记》里。才隔两年，我又回故乡一趟，写了游记《乡愁漫漫东钱湖》，编入新著《鞋儿破——老夫狂游日记》里。又隔两年，应乡亲之邀，回去参加了我们族里史氏宗祠的落成典礼。近三年来，又频频梦见故乡的身影，那山间小路，湖岸柳叶，老屋石径，斑斓容貌，媲美蒙娜丽莎，诗情画意，堪比陶渊明的田园，醒来，埋藏在心底的乡愁奔涌而来，童年的光亮在心里闪烁。我早过古稀，已达耄耋，趁身子骨尚硬朗，归去作诀别。禅说，苦别离，此行戚戚。

镇海郑氏十八房的黄包车夫

　　最后的告别，一时想起该留影作纪念，遂请同事、高级摄像师沈建平随行摄录，制作一部电视音乐片，建平欣然应允。临行一刻，躬身自省，鄙陋吾等，岂可称为"荣归故里"？自惭形秽。沉心思忖，何不学步徐志摩作别康桥："我轻轻的来""悄悄地我走了"。决意独行。

　　回故乡，头等事宜，去顿岙山里祭扫父母双亲，烦劳侄女阿小丈夫忻国富驱车前往墓地。父母皆是基督教徒，早已去了天堂，墓地只是纪念地。天人相隔，我在碑前献上一束桂花枝以缅怀。阿门。

　　回故乡，难忘在祖宗祠堂重修了史氏家谱，承蒙前管委会主任史庭荣

鞋儿又破——老夫狂游日记 2

寂寞闲庭深，遥念故乡人

贴己，在几册厚重的家谱里，翻出我和父辈祖上的名字，并上溯到远祖，传宗迭代，屏息细看，手中摩挲良久而不能释。祖宗崇拜乃是我的信仰，没有祖宗哪有我呢！脚下的这块故土是我们最初的来处。

回故乡，每一回都会去游览山水美景，让我欣慰的是宁波胜景几十处，都留下了我的足迹。这回又劳驾忻国富驱车，大侄女雪英嘉禾夫妇及二侄女紫英陪游，去了心仪已久的九龙湖、郑氏十八房。

回故乡，重中之重是回史家湾旧居，我童年生活的难忘土地。我借宿在邻村侄女素英忻家的民宿，回乡当日午后，即请素英陪同回史家湾。足音清声，时光倒流，懵懂少时情景，如梦如幻。第二天，近傍晚，再回史家湾，蹒跚独行，去时沿湖畔石径，返回行山间环路，烟雾故乡，一步一顿，遥想童年，金色记忆，思念祖母，老泪溢了出来。

待第三天清晨，提携行李去车站返沪，路上，侄女阿大从远远的莫枝堰走来送行，殷殷亲近，让我殊为感动，乡愁难舍，我立马放下行李，遂请她陪我三回史家湾。

我们从后山出发，登陡峭石阶，上环山小路。我走走停停，心驰神醉，不时俯看山下的东钱湖，东钱湖，诗人郭沫若不吝赞美："西子风韵，太湖气魄。"说到我的心里去了。东钱湖有八景，长长的湖心堤有"补陀洞天"，那是宋代丞相史浩为其母开凿的"小普陀"。史浩，我的本家祖宗，他的故里就在湖畔的下水村。湖畔还有忠应庙，是纪念王安石的寺庙，古色古香。王安石 28 岁就出任我们鄞县的县令，著有《鄞县经游记》。东钱湖名人胜景难以胜数，湖水流长书写故乡悠久的历史。记得自己童年的夏日，在湖里戏水时的场景，那柔软的湖水，柔软了我的心，我心多情。

续行，到了老屋门前，门前是著名的胜迹"陶公钓矶"。此处相传是越国范蠡钓鱼的小山头。清代诗人李邺嗣诗曰："此地陶公有钓矶，湖山漠漠鹭群飞，渔翁网得鲜鳞去，不管人间吴越非。"陶公山，相传是范蠡携西施归隐之地，范蠡，字陶朱公，故名。范蠡钓鱼的地点在我家门前，儿时，我三天两头登钓矶玩耍。范蠡的"不管人间吴越非"，也潜移默化地影响了我的言行，退休后，我守持"两耳不闻门外非"的观念，大大小小损我的非事，一概化了。

乡里侄女，乡愁左右

故乡的炊烟在心中萦回，乡情绵绵。有哲人说过："童年是人生的父亲，环境是人生的母亲。"东钱湖，陶公山，我是此湖此山的儿子，我被山水浸润，坚韧且柔软。

别了，我的故乡，不别，故乡在我心里。

广富林、方塔之恋

（2018年10月18日）

今天，托单位的鸿福，我随一行退休老人去市郊作一日游。多少企事业单位，一张复印纸把曾经"爱厂如家"的前辈们，打发去社区"管理"了，进出数十年的厂门"没门"了，人情薄如纸。我们单位，人走温情在，何等欣慰，真该拱手作揖致谢了。

上午游览广富林遗址，据闻有五千多年的历史，远超秦兵马俑。"上海之根，海派之源"，遗址是不久前才开发的新景点，令上海人好不欢喜，去会会老祖宗，看看他们怎么过日子。

欣欣然步入园区，一座高大的门楼，透门望去，粼粼湖面，漂浮着金字塔的建筑，好似埃及金字塔，金光闪烁。眼及周边，阳光下竟是黑压压的一片，波澜起伏，黑海一般。定睛一看，竟是人海。走近去，那是一支支旅游团队，一波一波，像赶集，赶庙会。人声嘈杂，小菜场一般。

金字塔下是遗址博物馆，或许是新开，举办方对上海人的热情预计不足，乱了方寸。入口处，既没有纠察导引，也没有设围栏分流，游人们如黄河壶口的河水，汹涌澎湃。我也被卷入人流，前胸贴后背。原本和我并肩相扶的同事沈建平也被卷入人流，不见了人影。大家怨声载道。我胸闷气急，挣扎着被后浪推到了入馆的街沿上，终于和沈建平会面了。

走下一级一级石阶，水下博物馆的灯光忽明忽暗，景物亮亮闪闪，看过去，布局设置，无不精心打磨，堪称新潮一流。用现代人的思维打造古迹，可谓推陈出新。然而我乃老朽迂腐，左看右看不入眼，那些塑像古人假模假样，那茅屋枯草犹"被秋风所破"，那些古董文物也真假难辨。心仪的遗址在哪里？寻觅搜索，不见踪迹。假作真时真也假，莫非广富林新石器遗址也是假的？

非也，广富林遗址就在脚下，咱 5 000 年前的老祖宗就生活在这里，我可以作证。

回首 30 年前，1989 年的 2 月，我因为一部电视专题片《塔下人家》作编剧，随摄制组到广富林遗址取景，我在片中写道："这是一片奇特的土地，松江的文明，可追溯到五千年前的新石器时代，它孕育过淞泽、良渚的史前文化，它是大上海的发源地。"

拍摄那天，天色蒙蒙，荒野田畴，杂草丛生。在旷野里，一块石碑赫然在目，走近一看，碑刻清晰——"广富林遗址"。碑石四周，隐约有厚土盖埋，估计是考古专家为保护遗址所为。我们且拍且珍惜，旷野无声，微风轻吹，四周静静的，似有渔歌从地层深处传来，我仿佛见到先民们骨针织网，沪渎网鱼的生活情景。在广富林这片土地上，我们追寻历史的文明，逐一拍摄下珍贵的镜头，有著名文学家、民族英雄夏允彝、夏完淳父子的墓冢，有晋朝张翰"莼鲈之思"的河塘古桥，有画家程十发故里，有画家丰子恺任教的学堂等等，广富林古老灿烂的文明，照耀着今天迷人的魔都。现今，距离我们拍摄的专题片在上海电视台播出，我的广富林之恋，已有30年了。

方塔之恋，是一对老人的黄昏恋。

午餐后去方塔园，太阳已爬上了头顶，热了，倦了。进方塔园，入口是一条长长的月洞，洞里送凉风，好似天然空调，人又精神起来。

走出月洞，抬眼望见一座古塔，清秀挺拔，古塔不是方形，不知为何取名方塔，方塔被学界誉为"上海古建筑之皇冠"，精致高贵，确实很美。

从月洞右拐，是砖石铺展的甬道，两旁古木碧茵，走出甬道，是开阔的方塔广场，在广场正前方，是一座清朝妈祖庙，彼时渔民出海祈求海神保佑，今天也见香客焚香跪拜，不知祈求什么。过妈祖庙是环园小路，静谧幽深，有亭翼然，亭匾——"何陋轩"，亭名出自孔子语："君之居之，何陋之有？"尽显文人气质。设计者冯纪忠，是中国城市规划专业创始人。园内有"云间第一楼"，楼宇重檐，歇山顶，基座砖砌，乃宋代遗物，其形态颇似宋代《清明上河图》的楼阁建筑。方塔园，轩亭，美轮美奂，"何陋之有"！

走出园门，门外有一支养老院的旅行团，队伍里有一位熟人，是上海市卫生教育馆原副馆长甘兴发，他的妻子是我的老同事，她在华东师范大学读书时，是一朵校花，生前常来电问候我，还常夸老甘和两个儿子。今天和甘馆长一照面，他在惊喜中略带一丝羞色，他的身边傍着一位女士，看两人情态，我心里已经明白了。那位女士面容阳光，落落大方，她率直地告诉我，他俩在养老院相识相爱的经历，她原来是中学的化学老师，所以幽默对我说："我和老甘起化学反应了。"我趁兴添了一勺催化剂："老甘可是联合国官员！"她即答："知道，知道。"甘馆长性格内向，不言不语微笑着，只是享受情侣的叙说。俗话说："不说不笑，一天望不到。"

丧偶的打击于此必是百分之百,可谓度日如年,漫长的孤独走不到尽头!甘馆长入住养老院,又获得爱情,敢于爱,活得洒脱,安度晚年,可庆可贺。在此,送上我的祝福。

我来迟了,共青森林公园菊展

(2018年11月24日)

共青森林公园菊展,今年已是第十二届了。梅兰竹菊,菊乃"四君子"之一,我怎么到今天才去想起来观展呢?说来有点可笑。

共青森林公园以"中国菊花展览会"冠名,在全国菊展中独占鳌头,可见其声势宏大,阵容浩瀚了。

"共青"菊展不负冠以"中国"之名,踏进园门便已身入菊海了。走大道,绕曲径,花池、花坛、花球、花柱,缤纷炫目,暗香盈袖,禁不住呐喊一声:"冲天香阵透长安,满城尽带黄金甲"!

展区分别有"城市山林""菊耀盛世""秀美山河""海上风情"等等,令人目不暇接。其中的精品展区,更是汇聚了全国乃至世界的名菊,菊艺作品有独木菊、多头菊、案头菊、切花菊、七彩菊,看得我眼花缭乱。身处花会,犹如《水浒传》中宋江在重阳菊花会上作词《满江红》,不由地发出的"头上尽教添白头,鬓边不可无黄菊"之感叹。"中国菊花展览会"一场惊艳的盛宴。

然而,这般菊花宴并不合我的口味,我爱菊,始于孩童时代。那时,我生活在故乡陶公山下,在家屋门前的场地里,祖母筑篱围建了一个小花园,栽植向日葵万年青鸡冠花等,四季花开。每逢入秋,花圃便有几支菊花悄然绽放,有的朵朵花骨,有的露出几片花瓣,这背山篱菊凌霜不凋,气韵高洁的气节,令我迷恋。上学后,读到陶渊明的"采菊东篱下,悠然见南山"诗句,仿佛陶渊明就住在我们的陶公山下,不胜喜悦,陶老先生超然出世的心境早已融化在我幼小的心灵里。后来又读到《红楼梦》中林黛玉的《问菊》诗句:"欲讯秋情众莫知,喃喃负手叩东篱。"东篱陶县令传递的是一颗平和淡泊之情,我爱菊花,最爱的就是这份"悠然见南山"情感。至于宋江的"鬓边不可无黄菊",只因为他是水浒老大,头饰黄菊,敢教107将俯首称臣,也在情理之中。然而我乃白头布衣,"花向老人头上笑,羞羞,白头簪花不解愁。"(黄庭坚)黄花可解愁,唯有南山东篱菊。

虽然共青森林公园的菊展不是我的最爱,然而"此花开尽更无花"(元稹《菊花》),也是惹我喜欢。那么为何直到菊展办了十多年,才姗姗前来,只怪自己的"小鸡肚肠",偏执心里。其源头还得追溯到60多年前,共青森林公园在沪刚刚开放,那会儿,共青团员们无不欣喜若狂,争相游玩。我作为一名共青团员,也为共产主义事业的雄心骄傲不已,趋前陶醉不已,虽小树未成林,乃寄期"天天向上",茁壮繁茂,森林茫茫。盼了50年,故地重游,森林公园仍然没有定义森林的感觉:"以树木占优势的植物群落"。对当年的期盼颇感失落,便无心再去了。

今天,过了一个甲子,在朋友的怂恿下前往,"森林"成了菊海,五味杂陈。唉,我这个过去时代的遗老,耿耿于怀,还迷醉那个"森林"之名,真可谓迂腐不堪了。

附:今年头等乐事——拙著

《鞋儿破——老夫狂游日记》出版

今年4月,上海大学出版社出版了我的游记《鞋儿破——老夫狂游日记》。出版社编审、常务副总编傅玉芳女士为我的书的封面题词:"跟随行者的步伐,游历文化名城;阅读智者的文字,了解人文历史;聆听达者的声音,感悟时代气息。"责任编辑王悦生先生,得知我80周岁,精心编改排版，赶在我的4月生日前夕出版发行，此情难忘。上海书城随后上架出售。

2011年，也是上海大学出版社，也是由傅玉芳女士审定，也是由王悦生先生担任责任编辑，出版发行了我的一部纪实文学《痴人笔记》。

我和傅玉芳女士结缘纯属偶然。约在十多年前，我在上海书展的上海大学出版社展区买了一套书，他们答应送到我家，一位女士怕我不放心，即送上一张名片，她就是傅玉芳女士。我说谢谢，她笑笑，仅此一面之交。但她音容笑貌给我留下了深刻的印象，看上去40岁左右，白皙清秀的笑脸，仁善温雅的举止，一位典型的上海淑女。2011年，我在癌症手术后写了病中记事《痴人笔记》，找不到出版单位，突然想起了傅玉芳的名片，唐突给她去电，她的亲切话语让我喜出望外，殊为感人。由此，我收获了这份珍贵的情谊。

责任编辑王悦生先生，天资聪颖，业精于勤，慎独行健，他为我的拙著，斟字酌句，斧正润色，尽心尽力。编后他对我说："你的游记要喝着咖啡读。"他静心、倾心的编辑，让我动容。

光阴荏苒，傅玉芳、王悦生两位，感恩有你们。

老夫添两翼

穿行 2019 年

小　引

不知，浑然不知老之已至，心仍野，脚头更散了，东迎晨曦，西辞微霞，穿行复梭游，2019年，申城打卡50多处，处处"风景这边独好"。大上海，很大，我很小，海上一粟。本想一一记游，又恐膨胀臃肿，落下肥胖病，难堪，还是老实瘦身，撷取十余处，自夸"老来瘦"，若能乞得诸君睬睐，幸哉。

一衣带水北海道

（2019年8月25日—9月1日）

日本北海道，旧名虾夷地，"名之所在，则利归之"。改名后，果然"生意兴隆通四海，财源茂盛达三江"了。如今，北海道已是年轻人冬天滑雪的首选了。

十年前，我曾去过日本自由行，几乎走遍了想去的地方，就差北海道一角了，这回专程饱览北海道，日本游可以画上句号了。

第一天 上海—洞爷湖

火山温泉，国王来了都不换

今天和女儿、外孙飞日本北海道自由行。

吉祥航空，腾空跃起，翱翔在万米晴空，凭机窗外望，云海漂浮，我心也随之荡漾，回响起日本老歌《北国之春》，我不懂日语，但喜欢用谐音哼唱起始句："叽哩哇啦（亭亭白桦）"，接着是中文意译："悠悠碧空，微微南来风，木兰花开山岗上，北国之春，啊，北国的春天已来临………"好听极了，不知萦绕流溯了多少回，一睁眼，飞机已停落在札幌新千岁机场的跑道上了，我们和日本，真是一衣带水啊！

转乘火车，来到日本著名的风景区洞爷湖。

我们入住湖畔一家日式传统旅馆，传统日式旅馆曾被美国《国家地理》杂志评为一生要去的世界50地之一，"要了解日本文化的真正精髓，你

一道日本料理，一列迎宾仪仗队

洞爷湖湖景房，新妆荡新波

一定要去传统日式旅馆住上一宿"。今夜，我们就去领略一番。

　　进房门就像进家门，先脱鞋。室内摆设简约，一地榻榻米，没有被褥枕头，要待寝前才会有服务员来铺床。窗台旁放着一张矮桌，没有凳椅，矮桌四边置软垫，客人得席地盘腿而坐，很辛苦的。我们祖宗也曾席地而坐，宋朝有了桌椅，改了坐相。此外，除了茶具等零星摆设，别无他物，正如一位作家所言："世界的极简主义，在这里达到了极致。"

　　我们住在第三层的湖景房，走到阳台，洞爷湖开阔，远连天际，波平如镜，天水一色。忽有一只白鸽光临停在阳台的围墙上，我的小外孙嬉戏挥手，小白鸽一跃向湖面飞去，翩翩盘旋，怡神悦目，一幅很美的画面。

　　自助晚餐，餐厅亮堂，客人安静，菜肴丰富，还有日本著名的札幌啤酒以及UCC品牌咖啡，均可畅饮。我各浅尝了一杯，齿颊甘爽，一天的车马劳顿渐渐消散去。

　　暮霭四合，八点正，洞爷湖上举行花火大会，我们伫立在阳台上，天苍苍，湖茫茫，一声爆竹划过夜空，顷刻，满眼缤纷，焰火变幻，或稻穗、或流星、或花朵、或灯笼。随后又有两艘汽艇加盟，边驶边放焰火，洞爷

日式传统旅馆，夜的眼，母子情

湖，光波粼粼。这场面，虽远不如上海外滩焰火盛大，但犹如我在乡间除夕夜的声声爆竹，清脆的宁静，我更喜欢。花火大会持续了20分钟，365天，天天举行，不失为洞爷湖的一张名片。

睡前，我和小外孙穿上纯棉浴衣，去温泉泡澡。这里是地道的火山温泉，温标在41.5℃到42℃之间，被誉为日式旅馆的"顶级享受"。正沐浴着，忽听隔帘传来女浴池里女儿的提醒，外面还有温泉。我们来到室外温泉，上身凉风习习，下身热气腾腾，冷热交融，真可谓"温泉水滑洗凝脂"，当年杨贵妃沐浴华清池，也未必有这般清心，正如《国家地理》杂志所形容的那样："舒心松快的感觉是国王来了都不换的。"呵，国王（应该是日本天皇），在下倒乐意今晚在梦里，和陛下分享这里火山温泉的"顶级享受"。晚安。

第二天　洞爷湖—函馆

世界级的函馆夜景

夜色多情，引无数文人墨客竞折腰，即使是斯文矜持的朱自清、俞平伯两位文人，也无不为一起夜游，而分赋同一命题《桨声灯影里的秦淮河》，争献风流。歌者为此更癫狂，《夜上海》《莫斯科郊外的晚上》《今夜无人入眠》等等，可谓"三千宠爱在一身"。夜色处处，皆为名胜，日本函

金森红砖仓库，夕阳红晚情

馆夜景在世界选美比赛中和香港维多利亚港、意大利那不勒斯一起并列前三甲，今夜，我们就去和她相会！

早起，又独自去泡温泉，早餐品尝了温泉蛋，然后游洞爷湖和湖里的一个岛屿。

告别洞爷，乘火车到函馆，入住五星级的喜来登酒店。趁夕阳未沉，放下行李，拔腿就去函馆山。

函馆是个滨海城市，港口有一排夺目的红砖建筑，那是著名的金森红砖仓库，在夕阳映照下，犹如一幅涂彩的浮世绘，悦目赏心。

红砖仓库一侧是日本著名街道"八幡坂"，长长的坡道两边，西式洋房林立，弥漫着优雅闲适的欧洲风情。

迈上坡顶，来到函馆山脚，夜幕降了下来，给函馆山蒙上一层面纱，羞涩神秘，令人遐想。

乘索道出电梯，山色朦胧，人影绰绰。观瞻的游客沉浸在山下的灯火里，微风里送来一声二声耳语。纵目眺望山下，荧荧灯烛，一片暖黄橘色，城里灯火纷繁，城外是清津海峡，海水粼粼，似银河繁星。函馆城里不见

函馆夜景，透明无暇一片静

霓虹，仿若天上街市，人间瑶池。没有霓虹闪烁，夜安静，天更邈远，望夜空，心翩跹，羽化成仙一般。

夜色多情，我本多情，两情依依，这一夜，梦乡甜蜜蜜。

第三天　函馆—登别

降祉的地狱，赐福的鬼神

昨晚才看过函馆山夜景，今朝又去函馆朝市，朝朝暮暮情未了，函馆，你早！

这个函馆朝市，在北海道是出了名的，虽然其规模远不及我国的吕四鱼市场，但其经营思路十分活。走进第一层，就见到粉丝们的长蛇队形，这是一家鱿鱼钓店，日本人爱吃生鱼片，顾客用鱼杆从水池里钓出一尾鱿鱼，鱿鱼摇尾巴，摆动双鳍，店家即刻刺身，正面、反面切成一片一片的，魔术师似的，十分有趣。第二层，家家海鲜餐厅，门庭外吹送海腥味儿，令顾客垂涎欲滴。我们鱼贯而入。我只是一个好吃分子，不辨哪是海胆，哪是北极贝等等海鲜，只管稀里糊涂往嘴里送，味道很是鲜美。函馆朝市，朝气洋溢，很难忘。

餐后去五棱郭公园，那是日本江户时代的一个要塞。城郭呈五角星芒，可防四方来敌，建构很巧妙。园内有一幢四层塔楼，登楼远眺，是昨晚见过的清津海峡和函馆山夜景。又见函馆山，凝视片刻，函馆情了了。

别函馆，上火车，到登别。续前梦，入住日式传统旅馆，旅馆名叫玉乃汤，富有诗意。这家旅馆品位的确高过洞爷湖那家，走进过道，两侧幽幽亮着一盏盏精巧的壁灯，房门是古拙格式木质门，日本式的典雅。房内布置也很简约，有花瓶饰物点缀，墙面挂着一帧立轴，上书一个日本篆，很美的象形文字：鹳——一只腾空起飞的水鸟，《诗经》曰："鹳鸣于垤。"王之焕赋诗《登鹳雀楼》："白日依山尽，黄河入海流，欲穷千里目，更上一层楼。"欣喜中，我穿上和服与其合影。

登别，飞来一只鹳雀

小憩后，我们走去逛街，这是一条建在山坡上的小街。沿街隔三差五有鬼神石雕，千奇百怪的雕像，远看让人惊骇，近观却讨人喜欢。那些鬼神都很善良，有财神、爱神、医神、药神等等。居然还有一座考试合格神。女儿让小外孙上去祈祷，小外孙信守不负韶华，他嗤之以鼻，扭头就走。街居中有一个阎王殿，殿正中阎王老爷威然坐镇。那是一个机械装置，阎王不仅怒目转动，手臂起落，更会大吼一声，让人胆战心惊，幸好游客人多势众，我们也胆大无畏了。这条街名为鬼神街，所有鬼神，哪怕是阎王，都是警戒世人要心善，莫作恶。这也是日本文化的人性所在。

街的坡顶，一块木牌显赫写着"地狱谷"。我以为那里就是十八层地狱里的阴曹地府，便止步回旅馆。

晚餐时，女儿告知所谓"地狱谷"只是火山喷发的遗址，并无鬼妖。

登别地狱谷，人们曾经在这里活过

餐后天黑，我们便去了地狱谷。一路伸手略见五指，进谷口，是一条木板栈道，左侧是岩崖，右侧是低谷，栈道置栏杆，栏杆上星星点点亮着微光小灯，似鬼火闪烁，栈道木牌写着："鬼火之路"，让人毛骨悚然。偶遇一对回程客，问及前路，答说"快到了"，我便奋起余力朝前走去。

终于来到路的尽头，那里是一口温泉，名曰"铁泉池"。那是间歇池，我们到时正在歇息，了无动静，暗暗的，浑浑的，面目不清。这座铁泉池俗名叫做"汤鬼神"，这"汤鬼神"是一位善神，保佑当年火山喷发的亡灵脱离地狱，获得重生。这位汤鬼神让我想起蒲松龄的《聊斋志异》，小说里的花妖狐野也是除恶扬善的好人化身。这体现了中日两国人民，心灵相通的地方，愿鬼神祈福禳灾，百姓过上幸福生活。善哉，善哉，阿弥陀佛。

第四天 登别—札幌

见过武士一声叹

晨起又去"水包皮"，再过一次温泉瘾。

餐后，旅馆大堂开展打年糕活动。老板是一位儒雅中年男士，见了我们戏称老乡，他年轻时曾在上海西郊一家宾馆打工多年，他热情邀我砸年糕。他的身旁一位穿和服的年轻女招待，长得清秀怡人，我欣然上去，举锤起落，动作夸张，表情亢奋，就像"阿黄炒年糕——吃力不讨好"，赚取一片笑声，痛快！人们有所不知，此刻我忆起孩提过年时，宁波乡下亲戚家打年糕的情景，"年糕年糕年年高，今年更比去年好。"家家户户打年糕。每每我从石臼边走过，大人们会用双手虎口挤出一团给我吃，那年糕团糯软光滑细腻润口，儿时这一幕，今天重现，不免陶醉忘形了。

玩毕，我们前往登别一个网红景点——伊达时代村。那是400年前江户时代风貌的再现，犹如我国现在的"大观园""三国城"等新造景点。我虽姓史，史官后代，但于历史多一知半解。念初中背"唐宋元明清"朝代，还是靠了谐音"糖醋油面筋"才得以背熟。当年背阿根廷首都"布宜诺斯艾利斯"，也是靠谐音"玻璃木梳眼泪水"才得以记住，十分可笑。今天去的日本伊达时代村，莫不"浆糊"一团，既然是网红，那就跟随女儿去看它一下吧。

痴情打，做自己所爱

下车进伊达时代村的村口，天降暴雨，我慌忙套上雨披，脱下湿鞋潮袜，迎风冒雨，屈身躬行，那模样就像抗战电影里的"鬼子进村"。

天地一片浑沌，村子景物像隔着磨砂玻璃，模糊朦胧，好似远古时代。走道一侧是联排小屋，分别题名为猫猫鬼屋、妖怪小屋、忍者迷宫等等。那是小外孙的天地，他进进出出疯玩，我们则是在屋檐下迎送等候。

雨一直下个不停，我已成了落汤鸡。走过一个剧场门口，剧场正待开场，我们走了进去。剧场有三出日剧，全部日语对话，没有外文字幕，我们看得云里雾里。幸好第一场剧名《忍者秀》，是武打剧，还算看懂一二。全剧刀光剑影，杀声震天，演的是江户时代的武士征战。那些武士是封建主的家臣，一生效忠主子，虽然明知必败必死，也甘心为主子赴汤蹈火，这就是所谓的"武士道精神"。看看舞台上撕杀场面，不由让我想起日军在中国暴行，鬼子们烧杀抢夺，十恶不赦，此刻令我义愤填膺，《忍者秀》，不忍一睹！再看看场内服务员，都彬彬有礼，九十度鞠躬，憋不住一声长叹。嗟乎，当年他们的太阳旗横插中华大地，乌黑一团成了"烂膏药"，是可忍孰不可忍！后面二剧，分别是《花魁秀》《猫追老鼠》，我已索然无味，乏善可陈了。

回宾馆，雨停了。我们遂乘火车回札幌，入住中岛花园酒店。

《白色恋人》童话屋，我的生活

晚餐后去逛薄野街，这是札幌最繁华的商业街，相比上海南京路，确实又"薄"又"野"。沿街有数条小巷，昏暗幽深，那是红灯区域。不见一盏红灯，诡谲莫测，或有当代"武士"出没其间。我们不屑一顾，径直向大街走去。

第五天 札幌

白色恋人，海誓山盟

今天兴冲冲去一个叫做"白色恋人"的景区，那里是日本帅哥美女拥簇的殿堂，说是上那里谈恋爱，姑娘就会披上白色婚纱，花好月圆了。其

"白色恋人"的雪花,纯净洁白的爱

实,那只是一个生产巧克力饼干的工场,聪明的场主戴上这顶"白色恋人"的桂冠,那片薄薄的饼干立马声誉雀起,成为食品世界的一个传奇了。

这家场主颇有情调,入口处矗立着一座欧式城堡的钟楼,阁楼360度旋转,音乐声起,阁门启开,各色木偶争相表演,游客无不笑逐颜开。

扑面而来是一座大型花园,满目繁花,恣意绽放。有一间称为迷宫的小木屋,鲜花盛装,女儿好奇地走了进去,一瞬时,在屋后突兀的花坡洞口,浮现她的笑脸,洞口的鲜花环围着她的脖子,真可谓人面鲜花相映艳了。

花园里,犹如一个童话世界,处处都是会表演的物具,邮筒会张口问候,连垃圾桶也招手笑笑,等等,引得小外孙和他们亲近戏玩。

花园一侧是一幢古典二层楼宇,一楼是购物店,小外孙专注于一款著名的拉博糖果的制作演示,从一块重达10千克的糖块原料,最后变成一粒粒珍珠般的彩色糖果,他顾而乐之。大楼二层,长长的走廊,走廊一侧全是透明玻璃,透过玻璃俯看下去,是一个宽敞的巧克力饼干工场,从原料到成品,全部自动化,一览无余。

伫观那一盒盒包装精美的"白色恋人",想起网上叙说的关于"白色恋人"的民间故事。传说上帝和撒旦争雄,上帝派遣一个男性天使,命他把北海道大地的紫色薰衣草长生不谢。撒旦则指令一个女性魔鬼,把这片天地搅成终年飞雪。岂料那男天使见了美丽的魔女,钟情爱恋,誓愿与其终身护卫大地雪飞四季,不思其返,两个恋人终结良缘。这"白色恋人"的故事,寓意恋人之爱不求回报,这盒"白色恋人",成为日本人爱情的信物。我也感慨系之,买了一盒,带回家献给我的老伴。

今天还接连游览了北海道电视塔、札幌钟楼、北海道旧道厅、札幌啤酒厂,恕不缕述。

第六天　札幌—富良野

富良野,芬芳的火焰

去富良野,交通不便,且景点分散,参加当地旅行社一日游是最佳的选择。行前,心里打鼓,在异国他乡,会遭遇黑旅行社黑导游吗?待车一到,

富良野花田,绚烂的人生

我立马打量起导游来。这是一个年近不惑的男子，面相和善，言行得体，自称自己是中国人，来日本已有20年，他兼司机，见他方向盘把握稳当，我悬着的心放下了。

一车共有13名游客，坐在副驾驶的是一位中年淑女，我坐在第一排，离她很近，一照面就聊上了。她姓刘，单身独游，来自长沙，是湖南师范大学的英语老师，她近乎耳语似的悄悄对我说："这是毛泽东的母校。"神情里露着几分自豪。

说话间，眼前一片旷野奔腾而来，在一条蜿蜒大道上，导游停车让我们下车欣赏，放眼望去，旷野苍茫，绿树碧草，凉风习习，天趣盎然。远山半落青天外，有两棵大树耸立蓝天，导游说，它们叫情侣树，大伙会心一笑。他又挥手指向另一座山上的三棵树，其中两棵大树间夹着一棵小树，正儿八经说道，那是一家三口叫作亲子树，游客们开怀大笑。导游二不过三，又指着我们道上两棵杨树，细细讲解说，这两位高龄80多岁了，老当益壮，被日本著名的七星牌香烟老板相中，注册成为商标，七星点亮，两老红遍全日本了。导游讲得有声有色，把这些树木一一拟人化了，挺立人世间，不由令游客们肃然起敬，竞向与它们合影。上车前，导游结语道："这片旷野取名叫超广角，是不是比广角镜还广啊？"旷野无垠，名副其实。

车轮疾驰，驶过拼布之路、四季彩之丘等田野风景，卉木蒙蒙，净无纤尘。"草暖云昏万里春，宫花拂面送行人。"鲜花伴送我们，来到富良野最富盛名的景点——富田农场。

名为农场，却不出产谷物，全场花田，有五个花区，花田连着花田，溢彩流丹，铺霞缀锦，有紫色的薰衣草、粉红的蔷薇，还有许许多多未识名的花卉，橘黄、翠绿、粉白，繁花烂漫。富良野，日语意为"芬芳的火焰"，热烈奔放，又飘香扑鼻，一饱眼福。我们不忘口福，品尝了紫色薰衣草冰淇淋，还有享誉全日本的夕张蜜瓜，味道不错，唇齿留香。

本以为这片花田是今天游览的高潮，不料高潮又起，我们来到了另一个景点——青池。穿行在密树林间，不觉眼睛放亮，一汪池水映入眼帘。驻足伫立，但见那池水水色清凌凌，澈见底，像翡翠，如碧玉，令我心净

青池青青

似水晶。我在水乡长大,平生见过好水无数,这泓青色实为罕见。所谓"青出于蓝胜于蓝",青池胜过蓝色多瑙河。难怪,美国苹果公司把青池端上其手机默认桌面,为全世界亿万用户捧在手心!青池的奥秘,在于水里富有火山岩浆矿物质,与阳光光合,便幻变为神奇之水了。

别了,富良野,我曾经去过花园之国瑞士,去过原野之邦新西兰,日本富良野,田野风光独好。

返回札幌,夕阳已沉。我们游兴不减,再去逛札幌著名的商业街——狸小路。本是狸猫穿行的小路,人行更是狭小了。在路边一家名为"德寿"的餐厅用晚餐,在一间分隔逼仄的包房里,女儿点了2片和牛排,和牛排是日本特色佳肴,不可不点。另外又加上6片普通牛排,端上一看,全是薄片,细细品味,感觉一般般,自愧没有饮食文化品位。结账时附加8%税费和10%服务费,合计兑换成人民币高达800多元。日本牛排,牛!

第七天 札幌—小樽

"失乐"渡边,"情书"小樽

我们入住的宾馆坐落在中岛花园,这花园不设围墙,地域宽广,令我惊讶的是,花园里有那么多日本国家级的建筑,诸如远古年代的茶道宗家八窗庵、日本天皇行宫丰平馆、富丽恢弘的音乐厅、书香扑鼻的北海道文学馆，还有一座地球仪建筑的天文台，这哪是花园，分明是日本文化荟萃之景观。

我们仨起早游览，上述景观一一被绿荫环抱，碧草拥簇，池水掩映，飞鸟鸣啾。空气如洗，过滤沁心。走着走着，忽然一块雕塑人像的立牌映入我的眼帘，上书："渡边淳一文学馆"！呵，渡边淳一，我久仰的世界级日本文学大师，今日在此邂逅，幸莫大矣！

这是一栋清新持重的建筑，出自世界级建筑师安藤忠雄之手。我们买票（仅折合人民币2元）入内。踏进门，在一个玻璃柜厨里，陈列着渡边淳一全部著作，可谓著作等身，其中一本《失乐园》我曾捧读

渡边淳一文学馆，"开朗大度生活"（渡边）的庭院

过。《失乐园》拥有全球亿万读者，渡边淳一称其为"一部成熟男人和女人追求终极之爱的最高杰作"。作为一个老男人，容我说句有点失敬的话：不甚喜欢。或许我读的翻译版本不纯不美，但男女主人公共赴死亡之旅的结局，似有《巴黎圣母院》的印迹。

文学馆二楼是渡边淳一生平事迹展。小外孙对其学校成绩报告单饶有兴趣，一一细看。我细看的是渡边淳一的履历，他的一生充满了活力、魅力、美和爱。很不幸，2008年渡边淳一患上了有"癌中之王"之称的胰腺癌，包括帕瓦罗蒂在内的胰腺癌患者一般都难捱过三个月半年，我的母亲也是。渡边淳一却捱过了6年之久，真是奇迹。他一直未向外界透露，还在患病第二年，亲赴上海，参加上海书展的签名售书活动，可见其内心之强大。渡边淳一享年80岁，在其展馆的生平履历表上如此写道："2004年4月

一对晶莹的礼物，一颗晶莹的童心

30日死去。"死去！日本人的这一直白表述，令我惊诧不已。

游毕中岛花园，乘火车到小樽。

下车，天下着大雨，我们被困在车站。女儿发现休息处有"无料"供伞处，"无料"即日语免费，我们便欣然拿用了。小樽之名，日语是"木桶"，那是日本人的盛酒器。我国陶渊明《归去来兮辞》也有"有酒盈樽"句。我们撑着"无料"雨伞，雨注如酒，我顿生醉意。

小樽是座低坡城镇，犹如我国的山城重庆多坡道。我们沿坡走上舟见坡，从坡顶回望鸟瞰，深远处是日本海，雨后天晴，波光粼粼。舟见坡是日本著名导演岩井俊二的电影《情书》拍摄地，《情书》成为一部纯爱教科片，舟见坡蝶化为日本恋人们的爱情圣地。

走下圣地，眼前是小樽运河，沿河踩着沙石小路，没见丁点现代打扮。河的对岸，石砖建造的仓库门，陈旧斑驳，400年前的古貌，沧桑积沉，让人回味。运河有咨询处，我们在"无料"角归还了雨伞。

走过运河，来过堺町通街，街上建于19世纪的银行鳞次栉比，石砌的欧式建筑，大街被称为"北方华尔街"。

小樽玻璃行业昌盛发达，被誉为"灯的故乡"，"灯的故乡"最著名的一家名叫"大正硝子馆"，硝子，即日语玻璃制品。大正店有多栋联排小屋，进进出出像迷宫一般。玻璃制品琳琅满目，光亮璀璨。小外孙独具慧眼，相中了一朵玻璃红花和一只憨厚玻璃胖猪，想赠给他的外婆——外婆属猪，今年恰逢本命年——祝外婆好运。

第八天

回国,带回"北国的春天"

今天回国、回沪,我带回"北国的春天",回到家。

黄母祠:布业始祖黄道婆

(2019年3月5日)

黄母祠,在上海植物园里,不久前重修开放,为了这一天,我等了三十多年!那年,我在南通参观纺织博物馆,规模宏大,令我震撼又不安。我们上海,早在明清时期就成为全国纺织中心,"衣被天下",却没有一

般若黄母祠:下下人有上上智

个纺织博物馆,被尊为"布业始祖"的黄道婆祠堂也了无踪迹。我去了她的出生地——上海东湾村,她的墓地,蔓草丛生,荒凉不堪,旧时的黄道婆纪念地,现在成了节庆宣传阵地,让人心中久久沮丧难平。终于,在"丰衣"(足食)的今天,黄母祠修缮一新,我可以去祭祀朝圣了,幸哉!

黄母祠,丛林肃穆,堂前遍植修竹、桑麻、木棉,翠色欲流,隐喻黄道婆的功德。歇山顶门楼的横匾高悬:"黄道婆纪念堂",落款乃中国佛教协会原会长赵朴初,赵老行笔禅意,象征黄道婆于无生之中示现有生。

堂前立照壁,过白石甬道,入正厅,是黄道婆事迹展览,侧厅布置实物,有黄道婆首创的三镜纺车、木棉揽车等纺织技术,我们的布业始祖真是神耶。

黄母祠被营造成一座江南园林,石桥、水池、长廊、碑亭,一派水乡风情,走走看看,就像身在黄道婆的故乡乌泥泾。在"仰黄亭"仰望,一堵高墙浮雕,镌刻着黄道婆一生业绩。水池旁有石舫,横楣"上智舫",舫壁一行字"下下人有上上智",取自佛经《六祖法宝坛经》。黄道婆原是乡里一个童养媳,下下人是也。她不堪婆婆虐待,愤然出走,去天涯海角海南岛,苦学当地植棉、轧花、纺纱、织布,衣锦还乡,终成"布业始祖"。六祖慧能的"下下人有上上智",是哲学。我们身边几乎是"下下人"的世界,快递小哥、钟点工阿姨、门卫保安、走道清洁工,他们中间不乏高人,皆有"上上智",应该仰慕。

新乐路之新之乐

(2019 年 3 月 28 日)

长长的陕西路上,有一条短短的横马路,取名新乐路,路小名气大,申城的网红打卡地。

新乐路,一条"新"颖的马路。沿街,公寓住宅鳞次栉比,精致优雅,好似高贵的皇后，楼顶被黄金的阳光镶嵌，那便是皇后头上的皇冠了。20世纪三十年代新建时，被誉为"东方巴黎"，有着香榭丽舍大道的浪漫，又被赞为"影星一条街"，堪比好莱坞的星光大道。如今，一百年过去了，老而弥新，被昵称为"海派风情街"，海派文化兼流行元素，引得那些懂口红眼影指甲油品牌的女人们蜂拥蝶至。本老头，虽老朽了，闻之心也为之驿动，佯装青葱，跌跌撞撞走来了。

新乐路，一条喜"乐"满满的路。公寓底层铺陈一间间匠心小店，精心打扮，好似白雪公主庭院、克莉斯汀女孩小屋。正值三月阳春，响午的阳光洗净路面，街上来来往往的几乎都是挽臂喁语的情侣，姑娘多温婉，小伙皆俊朗。不经意间，我瞥见一对俊男靓女，卿卿我我步入一家化妆品店，夺我眼球，惜我这把年纪，不作兴尾随，只得好奇地透过橱窗玻璃张望，见姑娘挑了一款雅诗兰黛，小伙刷卡，美女收银员出票，顿刻，三张笑脸，满堂春色。情侣，实在是天地间大美！

春光披身，暖烘烘，缓缓踽行，来到胡蝶故居，蝶舞花间。胡蝶，20世纪30年代的影星皇后，这条"影星一条街"的领衔人。她唱响的上海老歌《空谷兰》传唱至今："空谷兰，淡淡的清香透春寒，云霞为伴，风雨作餐，笑百花难……"款款徐行，一幢中西合璧的老洋房金光闪闪。这是首席公馆酒店，从前名叫三鑫公司，三个金字招牌的黄金荣、杜镛（即杜月笙）和金廷荪合办，经营鸦片。如今是首席公馆，说是首家中国城市历史文化遗产的古典酒店。酒店毗邻，是巍峨的东正教堂，蓝色的洋葱头圆顶高高耸立在天空里，喻为通向上帝的天堂。

云天通透，明净湛蓝。慢游，优游，不觉游到路口的襄阳公园，这座法式小花园，浪漫多情。多情如我，站在路口频频回望新乐路，频频回眸我的人生羁旅。我本是一个蛮野的乡下男孩，深一脚，浅一脚，尘寰连连，走到中年，才走出一片新天地。人生路，自己设计，自己走，这是我的感悟，也该是新乐路的路训吧。

奇迹浦江郊野公园

（2019年5月8日）

"如雨后春笋"，这个比喻从小学生作文起始用，屡屡被滥用。这些天来，上海几乎在一夜之间冒出了多家郊野公园，借用"如雨后春笋"形容，也许不至于贻笑大方吧。

在春笋般的郊野公园里，经上海市民网上投票，浦江郊野公园斩获冠冕。在热闹的浦江，处地清静的郊野公园，又坐落在我居住的闵行区，怀着莫名的自豪，兴奋着拔腿前去。

浦江郊野公园其规模，也许堪称世界公园之最，公园分设活力森林区、柳鹭田园区、森林游憩区、滨江漫步区、奇迹花园区等五大主题区，即使"走马观花"，也会走断马腿。单单奇迹花园区就多达43万平方米！究竟有何"奇迹"，我选了其中的奇迹花园去看看。

进门，果然让我惊奇，眼前耸立一座花之城堡，花团壮美，色彩缤纷，园方把花之城堡作为名片，称为"高迪魔幻"。踏进园门的游客，无不"魔幻"，争相留影。

奇迹花园，奇花纷呈，看得我"老眼昏花"。我是花盲，百分之九十五的花卉不知花名，但我是花迷，无论是名花草花，百分百的喜欢。边走边看，老迂脑袋闪出串串熟稔的形容词、赞美语，思来想去，千赞万颂，总不及一句："花儿一样的美。"所有颂赞叠堆，都不过是"花上添锦"罢了。过多的形容，弄不好会犯上花痴病。赏花，沉默似花，是金。

独自闲游，静听花语，柔软的心惆怅缱绻，先是品"人生多彩"，继而叹明日成泥。今日正暮春，改日飞冬雪，《红楼梦》贾宝玉的"白茫茫一片"，漫上心头来。

走吧，白头翁，走出园门，告别"奇迹"。耳畔不禁萦回肖邦的《告别圆舞曲》。作曲家肖邦年轻时，重遇童年时代一位女友，青梅竹马的情愫，生出真挚的爱情，那女友却因家庭阻挠，拒绝了肖邦的求婚。在分手告别的路上，作曲家有了这首深情又忧伤的乐曲。

  人生的告别没有圆舞曲，告别是人生的归结，忧伤也深情。人生的告别"不带走一片云彩"。活着，就要放下，放下种种恩怨，放下层层名利。活着，心儿就要像花儿，尽情绽放，心便是一座"奇迹花园"。

长风公园乘长风

（2019 年 5 月 10 日）

  游长风公园，便有"长风"诗句漫游心头，诸如"长风万里送秋雁，对此可以酣高楼""长风破浪会有时，直挂云帆济沧海""乘长风破万里浪"等等。40 年前和妻子女儿来过，今天独自一个人行，40 年，恍如隔世。眼前景色时时闪回当年，兴致缠绵难平复。

  步入公园，还是那条熟悉的大道，一样的宽，一样的长，一样的深，变的是沿路的树木，长高了许多，增粗了许多，40 个年轮，成材了。透过密林的空隙，远远的看见了兀立的山峦，宝石粼粼，那就是我们爬过的铁臂山，那双硕长的铁臂比当年茂盛了许多，结实了许多。大道一侧是一面湖水，那就是名字诱人的银锄湖，银光朗映，涟漪层层，如锄犁的田地。铁臂山，银锄湖，建成那年，是上海一道胜景，上海人惊喜若狂，蜂拥游园，就像今天浦东迪士尼乐园崛起，疯玩狂欢。"去长风公园了吗？"成了左邻右舍的问候语，城市有山有湖，当年上海人的游玩胜地。

  湖滨有亭，凭栏眺望，当年水天相接，湖岸一马平川，今天变了，四环高楼林立，绵延如山脉，倒影在湖上，波晃苍翠，静悄悄，湖面如镜，一份安详宁静。我默然沉思，回忆起 40 年前泛舟湖上的惊悚一幕。

  还记得那天，阳光灿烂，我们爬了铁臂山，女儿走了摇摇晃晃的勇敢者之路，累了，吃了随身带的干粮，午后乘兴划船银锄湖。

那会儿，天阴了，风有点凉，我们租了小船划离码头，我独自在船尾划桨，妻子女儿依偎在船中间，女儿正在上幼儿园，欢快唱起了学会不久的儿歌："让我们荡起双桨，小船儿推开波浪……"她妈妈击拍跟唱，我悠悠划桨，中年得女，幸福盈满。

船到湖心，应了那句老话：天有不测风云，一眨眼，乌云奔马似的来到头顶，黑沉沉一片，似锅盖笼罩湖面。起风了，顷刻大风呼啸，山雨欲来风满湖，小船儿上下颠簸。当年我正当中年气盛，桨划船尾，调转船身，直线向船码头划去，风狂波大，小船儿颤抖得厉害，望着坐在船中间的母女，我划一下，心紧缩一下，真可谓用尽九牛二虎之力，终于到了船码头，浑身潮湿，分不清是冷汗还是热汗，一场虚惊。

上岸了，女儿仍恋恋不舍，看着湖面欣喜叫道："大海！"

大海！女儿没说错，《说文》曰："海，天池也。"池是海，湖也是海，大理洱海是湖，北京什刹海是湖，什刹海北面的北海也是湖，女儿唱的《让我们荡起双桨》的歌词是："小船儿推开波浪，海面倒映着美丽的白塔……"那所谓的海面，就是北海，本是湖也。

池水流大海，湖水汇大海，当年银锄湖畔说"大海"的小女孩，也正是李白的诗句："长风破浪会有时，直挂云帆济沧海。"不惑之年的她，从银锄湖济沧海，事业顺畅有成了。

久久凭栏小亭，久久回想，人生也如海，须云帆直挂，才得长风万里。

我看过大海，海纳百川，兼容并蓄，胸襟也随之开阔，心无凡忧。我愿大海作笺，海水为墨，书写我的心语：身归大海。

妻子读了我的这篇游记，颔首称是，身处大海，四季花开。

长宁民俗文化中心的木牛流马

(2019年5月20日)

今天，几位好友在老同事沈建平家燕聚，建平是艺术家、文化人，午后特邀我们去他家附近的长宁民俗文化中心观展。民俗文化是下里巴人的文化，散发着人间烟火，很合我们这些凡夫俗子的胃口。

展区有一个模型，让我大开眼界，那是一轮诸葛亮独创的木牛流马。

读《三国演义》时，看到木牛流马的描述："宛如活着一般，上山下岭，各尽其便""转运粮草，人不大劳，牛马不食"，令我惊奇。尤其是，书中写到，司马懿令将士扮作蜀兵夺得木牛流马数匹仿制，装载粮米，被蜀将使计，木牛流马竟呆若木鸡，纹丝不动。原来诸葛亮在木牛流马口内设计可扭转舌头，舌头反转，木牛流马就不能行动了。魏将见状大惊曰："此必神助也！"诸葛亮神机妙算，可谓当今机器人的鼻祖。

我细看展出的木牛流马模型，没见口内有可以转动的舌头，模型也是木呆呆的，"活着一般"？令我失望。

其实那"活着一般"的木牛流马纯属罗贯中的杜撰，子虚乌有，只是为了神化诸葛亮，读者不能当真。但记得有句民间老话："真《三国》，假《西游》，乱说《封神榜》。"老百姓相信《三国演义》是真实不假的。书中有诗曰："……后世若能行此法，输将安得使人愁？"今天，听说真有一些科学家在潜心研究木牛流马的玄机，仿制"活着一般"，"舌头可以扭转"，可驶可停的木牛流马机器人，若能实现，那一千多年前的三国真是智能时代了。这也有可能，"假西游"里的顺风耳朵千里眼的想象，今世已成事实了。五千年的中华民族文化，智引天下！

法藏讲寺藏佛法

（2019年6月17日）

法藏讲寺，藏法又讲佛法，深藏在上海市区的吉安路上，我虽未皈依，但是身为凡人，也跑去这么一个寺院朝拜，求个吉利平安。

这是一条逼仄的小马路，走马儿也难，两侧全是平矮旧屋，门前家家设摊，把上街沿也占得满满当当的。深弄幽堂是石库门老房子。我抬头寻觅，一路不见寺院黄墙和佛楼，询问一位当地居民，她指向我左侧："这不就是吗？"我侧身一看，低矮的三门门楣匾额：法藏讲寺。门口左右是两位上了岁数的妇人，日常穿着，见我七老八十，没收门票。

三门也很陈旧，过道明明暗暗，好似一座破庙。恍惚之中，真可谓"豁然洞开"，天空开朗，左右廊庑环绕，梁间一盏盏平安灯，灯花红燃，钟楼鼓楼，观音殿药师殿，齐齐肃列。正面一堵高墙，有十数台阶，我拾级登上，眼前呈现宽阔的平台，平台正前方是大雄宝殿，威仪俨然，我脱帽合掌，向着殿内的释迦牟尼致敬。

进殿瞻谒，香气缭绕。走近一位寺院义工，五十开外，身材修长，面目清朗似达摩。或许他见我礼佛虔诚，或许见我年老貌清，主动上来，给我讲述寺院的前世今生。他告诉我，寺院建于20个世纪30年代，还不满期颐，当年正值五四新文化运动，寺院设计师融入西洋思潮，把寺院打造成中西合璧建筑。从整体看，是中国传统丛林模式，但楼宇立面、窗櫺等局部细节多雕镂西方建筑元素，诸如洛可可的C形、S形、漩涡形等等，这样中西合璧的寺院，是全世界唯一的寺院建筑。

这位义工是位居士，在寺院服务了十多年，他引我走到后殿，在观音菩萨神龛的右下方，有一尊高大的铜炉，精雕细刻。居士告诉我，那是著名演员游本昌馈赠的。他说,游本昌6岁光景,病危不治,父母带他到这座寺院烧香拜佛,竟显灵异得救,迷信与否,真不好说。总之,大难不死,必有后福,游本昌52岁时被选演济公活佛,他把一个"酒肉过肠清,佛在心头明,野孤参真禅,赤脚当观音"的疯癫和尚演绎得惟妙惟肖,家喻户晓,成为著名演员。

真是无巧不成书,济公府在天台山,我曾去谒拜过,在后院一块巨石上勒刻的"源"字前留影留缘。天台山是天台宗的发源地,法藏讲寺又是世间唯一的天台宗道场,在这个道场得救的游本昌,因演济公而一举成名,真让人"迷信"起来了。

寺不在古,有佛则灵。天台宗主张"一念三千",世间三千种,包罗万有,皆备于一念之中。法藏讲寺,是天台宗道场,藏的就是这个法理。

谢别这位老居士,道别深藏不露的寺院,容我敬录上海奉贤东海观音寺的柱联:

涛声钟声菩提声声声正觉

天色海色云间色色色皆空

天台山济公府,知"源"悟道细香留

大笑闻道园

（2019年9月26日）

有道是："闻道有先后，术业有专攻。"闻道园是一家由公有制孵化的私家园林。园主专攻有术，从千里之外的安徽，迁徙百年老屋百余栋落户上海，可谓乾坤大挪动。如今，成了世间唯一的徽派古建筑园林，取名闻道，称得上立言立功立业也。闻道，百闻不如一见。今日独个儿起程，去开开眼界。

入园，绿树荫蒙，也许是因为四星级的缘故，票价贵了，门槛高了，沿道，除了我，阒无一人，寂荫蒙幽，恍惚踏上了远古之路。

绿荫间，隐现栋栋深咖灰白的老屋，阳光下，像一个个晒太阳的老农，泛着古铜色的脸庞。走近去，屋前一汪池水，浮游着五色的鲤鱼，锦鲤送秋波，映着老屋。屋内有一位年轻女服务员，文雅娴静，笑容可掬，送给我一小瓶鱼饵，教我戏鲤鱼。我笑纳放入口袋，回家送给小外孙。我环顾老屋，那房架、横档、椽子、桄头，怀疑是老货还是新置，问姑娘，姑娘凿凿称道，一木一钉，全是安徽原装。还赞美她的园主不容丝毫作假："这座园林，价值上亿了！"我信了。

园林一千多亩，百余栋徽派老建筑，栋栋耐看。那座武状元楼，建于清朝道光八年（1828），距今190多年，说是那位武状元，在平息战乱中屡建功业，朝廷恩准建造这栋府堂，园主从迁移到完工，历时八年，好似"八年抗战"，艰苦卓绝。

沿路看去，雕花楼、古民居、老花厅、旧戏台、宗氏祠堂以及宏伟牌坊，皆是徽文化的历史，一砖一瓦，都是有气息的生命。

闻道园另建奇石馆、古石刻博物馆、书院、八卦荷花池等等景点。

午餐在进士第，进士身价，第内画楼雕梁，无不古朴精致。整个餐厅就我一个客人，客厅主管迎上来，四十左右的女士，递给我张名片，名叫李慧侠，微笑着引我进入小客厅，客厅面朝池水古亭，她笑吟吟地说："这里是贵宾室，请您用餐。"她等我点菜，边说边聊，她是安徽人，我问她是否靠徽派因缘被录取，她微笑答："靠我的微笑。"她笑得真是好看。她老家在滁州，我提起欧阳修的《醉翁亭记》，她接口就念："环滁皆山也。"让我惊喜不已。

这位女主管，还有老屋里的年轻姑娘，以及她们园主，都令我钦佩。闻道有高下："上士闻道，勤而行之，中士闻道，若存若亡，下士闻道，大笑之。"人生之道，上中下，自己走。我游闻道园，"大笑之"。

愚园路之愚（上）

（2019年11月9日）

走在愚园路上，脑袋瓜越走越"愚钝"了，这条路分明比南京路清幽，比淮海路古朴，比外滩有文化范儿，比城隍庙具现代气息，怎么就戴上了"愚"的帽子了呢？

愚园路不长，东起静安寺，西至中山公园，坐公交车，呼呼一阵风，便首尾相接了。

走愚园路，看看的是地理，读的是历史，一部百年近代史。从起首的静安寺的工运领袖刘长胜故居，到收尾的中山公园旁的"七君子"之一李公朴故居，一串如雷贯耳的名人故居，也有为人所不齿的历史人物，如汪精卫、周佛海、陈公博等曾在这里居住。此外，当年的知名人士也历历可数，比如锦江饭店创始人董竹君故居，她本是一个青楼歌女，我望着那破旧灰暗的两层楼住宅，想起曾在锦江饭店旋转餐厅用餐的情景，唧叹不已。愚园路名人咸集，不可胜数，走到区政府打造的愚园路名人墙前，一目了然。

走愚园路，风情万种的是一条条弄堂，那可不是戴望舒笔下的"悠长、悠长，又寂寥的雨巷"的里弄。我是在一条老式里弄笃底的一所弄堂小学上的学，校名竟成小学，陈校长妻子和女儿分任教导主任兼多门课程，弄堂名师善里，师善竟成，让我获益颇多。愚园路的弄堂不曲不折不悠长，开阔亮堂，幢幢都是异域风情的高级住宅，华美典雅。墙瓦红黄绿白，在茂密的树隙间掩映，好似美人儿"犹抱琵琶半遮面"一般。这样的弄堂，愚园路上有数十条，条条令我向往。俗话说：慢工出细活，做细活要像吃乌龟肉，慢悠悠，我走这些里弄，就像吃乌龟肉笃悠悠。走进弄堂口，会看到老人坐在竹椅上晒太阳，我会上去套近乎，像派出所查户口似的问长问短。这些本地"老土地"，热情好客，一一细说弄堂前世今生，几号住过哪位名人，如数家珍。

865弄，是英式乡村别墅，这里有指挥大师黄贻钧的旧居。在一户人家门口，遇见一位老妪，她告诉我，隔壁31号邻居是蔡光天旧居。蔡光天，我见过，他是上海前进修学院的创始人，他开创的托福考试名扬海内外。我的女儿有幸荣获2000年千禧年"托福"状元，蔡校长特为我女儿写了两封致美国名校的推荐信，让我们感恩不已。邻居说，蔡老仙逝后，住宅由儿子继承。31号大门关着，我久久驻足，向这位光耀青天桃李满天下的园丁致敬。

愚园路，百年历史，一天读不完，今天只读了半部，改日再来。欲知后半部，"且听下文分解"。

愚园路之愚（下）

（2019年12月3日）

候了近一个月，挑选今日再走愚园路，不是什么黄道吉日，乃是应了王羲之的《兰亭序》"是日也，天朗气清，惠风和畅"句。一条不长不短的老马路分两回走,恐怕孔老夫子笑我:"愚者不及也。"本老夫确实愚不可及了。

上午9点左右,地铁有空座了,直达愚园路的"腰眼"江苏路站。愚园路的下篇,依然精彩纷呈。有洋气十足的"百老汇总会旧址""好莱坞弄堂"等,也有高墙遮眼的花园洋房,那幢王伯群旧居深奥莫测。王老先生原是国民党政府交通部长,可谓路路通,他一眼瞄上了大厦大学校花保志宁,特地造了这幢豪华别墅迎娶保志宁。这朵花园洋房里最艳丽的花,未知嫁给高官后,能否如其姓名,"保"持心"志"安"宁",这仅为我的胡思乱想而已。

愚园路上有一篇近代史,让我爱不释卷,那是瑞兴坊弄堂口的第一栋洋房,底层外墙上有一块醒目的牌匾——路易·艾黎旧居。旧居前是一个微型花园,绿意盎然,阳光下,奇花异草给旧居充满了生气。

我沿着石阶扶梯走上二楼,楼门敞开着,瞥见楼道几扇房门,一一紧闭。正在踌躇进退时,楼下扶梯上来一位女士,五十开外,白净的脸部不见鱼尾纹,身材有条感,穿着端庄大方,见我白发老头,莞尔一笑,

宋庆龄道贺路易·艾黎华诞

知道我是来寻访艾黎旧居的,听出我的上海口音,便用地道的上海话,不紧不慢地和我交谈,告诉我,这楼里住的全是上海人,艾黎旧居早已了无踪迹,她看我遗憾的神态,随即让我看墙边一条长方形的硬木块,是她从楼下小花园杂草碎石中找来的,不知是楠木还是紫檀,总之有些年代了,说不准会是艾黎旧居改装时摒弃的,虽然可能性微乎其微,但还是让我心动,睹物思人。

路易·艾黎是新西兰共产党员,1927年来沪,1938年北上去北平。新中国成立后,曾作为中国人民代表,参加国际和平会议。宋庆龄赞他是"一位诚实忠诚、不屈不挠的朋友"。

宋庆龄曾到访过此旧居,她为红军运送的一箱手枪和子弹在这里存藏过。旧居顶楼的房间里曾设秘密电台,让当年革命者与长征的红军保持通讯联络。我离开旧居,望着墙上的铭牌,深怀敬意:一个不远万里来到中国的白求恩式的新西兰人,一位伟大的国际共产主义战士。

中午时分,来到岐山村,这里不是村庄,是一条里弄。弄堂不曲不折不深不幽,巷道朝天,开阔而平直洁净,蓝天白云下,联排洋房红砖青瓦,屋顶如勾画的山脉绵连,豪放又简约,是花园住宅。

进门左侧是二层楼的洋房,现在辟为新潮小店,古朴而摩登。我进一家叫耳光馄饨店,点了一客荠菜馄饨。耳光店名出自上海俚语"打了耳光也不放",网红全中国。我边吃边想起了另一句上海俚语:"瞎子吃馄饨,心里有数。"没人打我耳光,倒是两家同一店名的老板打起了商标官司,互打耳光,争名夺利。

餐后走上二楼,有一家刘海粟美术馆分馆,墙上有画,柜前供应咖啡,我点了一杯卡布奇诺。内馆有会议,我便在进门长桌上小憩,刚喝完起身,馆内散会,一位男士和我并肩出门,他身长玉立,我俩相视一笑,即对上了眼,搭讪得知,他正是岐山村村长,名霍白,在一所大学领导岗位上退休后,在居民小区当上了志愿者,后被推上业主委员会主任岗位。

"我喜欢这份工作,为居民做点事很开心。"他说,还自豪说起前不久市长应勇来村里视察。计划里,市委书记李强也会来视察。他说,这岐山村村名有出典，岐山是周武王发祥地，没想到今日岐山村果然发祥了。我莫名联想到国家副主席王岐山来。这岐山村，村名好，村貌好，村长好，一个三好里弄也。

走在路上，惊喜地发现有一家街道办的颐养敬老院，在寸土寸金的路上，还能有这样一幢由花园洋房改建的养老院，这街道的公仆们也算得上敬老的好官。我老了，曾参观过本市和江浙十多家养老院，并在一家报名登记，怀着好奇我走了进去。接待我的是一位中年女士，名叫黄琍培，长相好，人和善，她非常遗憾告诉我，敬老院只剩一张女床了，随后她陪我参观院容院貌，最后来到屋后的小花园。这幢洋房从前住着富贵人家，今天被改造成为敬老院，这里的老人真是大富大贵了。

看不完，写不够。走到愚园路底是中山公园，累了，又晚了，我止步在路口，看着路口的愚园路路牌，幡然感悟这愚园路路名不是愚钝，此愚是婴儿般的纯粹、质朴。有一副对联："学到如愚即是贤，养成大拙方为巧。"愚园路，一条"大智若愚"的马路。这是我的愚见。

游杨浦滨江，走习总书记走过的路

（2019年11月23日）

上海人形容运道好：额角头碰着天花板。好运请不来，找不着，往往在不经意间撞到。

今天游览刚刚重塑的杨浦滨江，起点是百年老房毛麻仓库，仓库外墙斑驳苍桑，里面却是现代新潮的。这里正在举办一个命名为《相遇》的艺术展，我在相遇"亚洲男孩"的雕塑前，相遇了三位来自杭州西子湖畔的姑娘，她们是一个全国建筑设计会议代表团的成员，今日来"考察"杨浦滨江的新潮建筑。我和她们相视一笑，她们"三笑"，姑娘们主动邀我加入她们的行列，让我戴上耳机，听导游介绍。我感激之余，又羞碍美女左

黄浦江，母亲河，一江流水一江情

右，前去旁随导游。

　　走出毛麻仓库，来到江边。女导游提高了声音，抑扬顿挫说道："各位全国来的设计师朋友们，告诉各位一个好消息，从这里起步，我们今天的路线可不一般哦，20天前，即2019年11月2日，习近平总书记来上海视察，第一站就来到杨浦滨江，我们今天的游览路线就是习总书记走过的路线，大伙是否感到脚下热乎乎的？"哇！设计师们，个个舞之蹈之，太幸福了！我窃喜："运气真好。"

　　浦江水流静悄悄，载着秋阳去海上，巨轮优哉游哉，汽笛声声，海鸥尾随，对岸楼宇，好似天上宫阙。上海中心、金茂大厦、上海金融大厦、东方明珠四兄弟，似仰天长歌，好不气派。我去过巴黎塞纳河、维也纳多瑙河，我们的黄浦江，黄金水岸，最是可爱。

　　迎面是老船厂的老船坞，船坞伸向浦江，铁臂一般的强壮，一艘艘巨轮从这里起航，驶向海洋，走向世界。约摸在半个世纪前，一艘万吨巨轮就从这里横空出世,我有幸在这艘巨轮上"下生活",和船员们一起度过了半个月的海上生活,遭遇了一场飓风骇浪,惊险的搏斗,至今难忘。今天的老船坞蝶花出茧,成了崭新的音乐舞台,唱响"上海的早晨",唱响"夜上海",无比的美妙。

万吨轮上学水手,目标正前方

走过老船坞,一座哥特式风格的建筑突显,墨色屋脊,赭红墙体,横亘五六百米,墙体上镌刻着"1881"的字样,沧桑而华美,这是有着百年历史的杨树浦水厂,上海人喝的第一口自来水就是从这里送出的。自来水,水自这里来。忽然想起网红的一则回文联:"上海自来水,水来自海上"。海水是咸的,怎能喝?上海自来水,水来自松江、淀山湖流入的黄浦江。一位新任上海市长到任后曾说的第一句话是:"喝了黄浦江水,我就是上海人了。"那位网上撰写回文联的是一位外地大学生,我盼望他也似新市长那样,来上海,喝上一口浦江水,如你愿意,侬也是阿拉上海人了。

往前几步,脚下是栈桥,由九条钢板铺设,女士们步步叮咚,弹奏琴键一般。桥畔是一个微型花园,名叫雨水花园,清风徐来,水草摇曳,烟雨氤氲,雾水濛濛,负离子沁心舒肺,温馨的柔美。这里本是上海第一毛条厂,如今毛条长成了水草,从灰色翻转成了翠绿,一部动漫片。

沿江都是动漫片,中国最早的机械造纸厂、远东最大的火力发电厂,还有煤气厂旧址、烟草仓库等等,十余处优秀老建筑,修旧如旧,一个个漫化成了上海老克勒,精气神十足。同行的建筑师们仿佛遇见了邬达克、贝聿铭,啧啧声声。走近制皂厂旧址,导游深情地说:"这里原是制造肥皂的厂,如今改建成了咖啡厅,取名'白七',是皂字的分拆。杨浦滨江还有茶室、上海美食等等,从前锈迹斑斑的'工业锈带',今天是秀色可餐的'生活秀带',也是世界会客厅。欢迎各位朋友常来坐坐。"她的结束语夺得一片掌声。

抬头望,眼前耸立一幢高楼,形似风帆,又像腾空跃起的一只海豚,这里是渔人码头,我曾到过美国旧金山的渔人码头,那个西方的"老码头"和杨浦滨江的"新渔人",不可同日而语了。

走在习总书记走过的杨浦滨江大道上,一路吟唱"春天的故事",走向新时代的辉煌。

告别杨浦滨江,道别三位西湖畔的西子姑娘,递上随身带的上海糖果致谢,甜甜的邂逅,从此又天涯海角,各自一方,相遇很美好,重逢很困难,人生很无奈。

枫红黎安公园,踏歌美术馆

(2019 年 12 月 4 日)

"秋",牵着"游",拥入我的怀中。

正是红枫迎霜的秋暮,披上秋阳,踏着晨风,去黎安公园会见红枫。一年一度,年复一年,入秋赏枫,是我的约定俗成。

起因缘自我的宿命观,那年半百,"五十而知天命",余生没戏了。四顾我任职的电视部,十来个同仁,小者二十来岁,大者未到"不惑",唯我一个老头。"富贵在天,生死由命。"扎堆在年轻人群里,心不甘而力不足,抑郁症找上门来了。吃抗焦虑的"佳静安定",两粒也安定不了,身陷人生之秋,"凄凄惨惨戚戚"上眉头。一位好友安抚我:枫叶红于二月花,50 岁是人生第二春。遂请上海著名书法家任政先生赠我一幅立轴,书杜牧《山行》诗:"远上寒山石径斜,白云深处有人家。停车坐爱枫林晚,霜叶红于二月花。"而后,上海第一届书法协会会长、

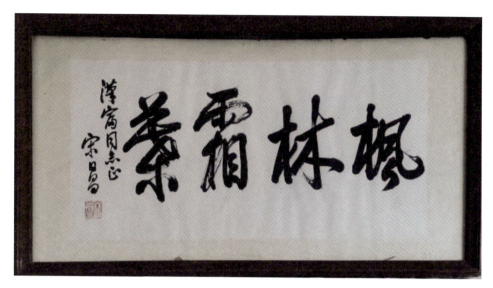

宋日昌宝墨，寒舍炉火红

上海市原副市长宋日昌先生也馈赠一帧匾额："枫林霜叶。"两位大家的枫树现在正栽植在我的客厅里，红火盈目，"我言秋日胜春潮"（刘禹锡），日朗风清，清醒了悟，忧解了，步轻了，30年来，年年相约红枫，走到人生的冬之旅了。

黎安公园，沪上有名的赏枫胜地，公园就在我家的小镇上，远亲不如近邻，我和黎安公园分外亲。

黎安公园进门，一片金黄。指路木牌标记上赫然写着"枫林道"，举目想起儿时读过的刘大白的诗《红枫》："谢自然好意，几夜浓霜，教叶将花替。算秋光不及春光腻，但秋光也许比春光丽，你看那满树儿红艳艳的！"走上大道，一路枫叶铺展，阳光斑驳，秋天的童话，沐浴金色，踏叶听韵，踏歌而行。

"踏歌而行"正是一个画展的题名，画展就在黎安公园隔壁的美博美术馆里，我顺路去看看。秋风微漾，白云朵朵，进馆一看，令我羡喜不已，画展的每幅画作皆附一首歌赋，画赋同框互映，心悦缱绻。

有一幅画名为《好奇》，画中的女孩目光好奇，画家歌曰："凝视花开，看花瓣笑靥，楚楚动人，心也变得温柔多情……"画家名叫张劲松，一个

美博美术馆,《好奇》小女孩

苍松般的男子汉名字。画前款款走来一位中年素衣女子,雍容闲雅,驻足凝视那幅《好奇》,当我展看画展册页,发现册页照片上《好奇》的画家,正是那位女士,艺名丹青张。册页介绍说,她是苏州画家,研究生毕业于武汉大学,就职于苏州国际教育园,高级职称等等。

踏歌而行,张劲松从苏州走来上海参展,她年轻怡然,相信她会走得很远很远。

伴妻三游申城:三最景点

伴妻出游,一个月里接连三次,在很多夫妻看来,只是小菜一碟。而于我们,却很不容易。

妻子是宅女,经年累月,不是在厨房,便是在去厨房的过道上,不是锅碗瓢盆,就是柴米油盐,煎炒烹炸焗色香味形器无不在行。她的厨房,我以她的名字命名曰"王宜君工作室"。

她生性不爱玩,大家选她兼任工会主席数十年,她安排职工旅游无数次,但自己从不参加,经我千劝万说才去了一回北京。退休后,我和她出境游了香港澳门,有了出门的兴致,却偏偏又患上冠心病、房颤,两次救护车急救,医嘱只能在小区散散步,散散心。散步散心了十多年,近年来无恙,经我劝说,总算夫唱妇随,一个月里游了本市三大景点——上海最高的上海中心、上海最深的深坑秘境、上海最古老的小镇之一召稼楼,创下了她的旅游历史新记录!

上海最高:上海中心

(2019年5月30日)

大上海好玩的地方胜过快板"数来宝",伴妻出游,不走则已,一走惊人,首选去了上海最高处:上海中心。

站在上海中心门前,举头望去,妻子脱口而出:"比国际饭店高太多了。"上海中心,高达600多米,是世界第二,中国第一,高得吓人!

电梯也高速,乘到118层的观光厅,1分钟也不到,速度世界第一!妻子惊喜地说:"这么快!"

走进观光大厅,妻子又惊呼:"真漂亮!"大厅环形,透过360度景观玻璃俯瞰,大上海像大舞台,纷呈多彩。黄浦江,汤汤流水,温柔绵长,丝绸似的漂流去大海。妻子叹喟道:"从前站在外滩看黄浦江,以为对岸是直的,今天才看清,黄浦江是弧形的,真好看。"是的,

上海中心,欲与天公试比高

50多年前,一个夏日的夜晚,我俩倚偎在外滩"恋爱墙"边,看船帆穿梭,海鸥飞翔,历历在目前。

在大厅环看,妻子很快找到了城隍庙,那是上海老饭店,那是豫园,那是宁波汤团店,那是九曲桥,她如数家珍。还回忆起我们在绿波廊品尝过特色小吃,那眉毛酥,"眉眼盈盈处",那马蹄糕,"马踏春泥半是花"。绿波廊,一个很雅的店名:"春水绿波诗意浓,回廊朱阁景情媚。"此刻,妻子心情为之一振,说:"我们再去吃一回。""好!"我颔首应和。

在观光大厅,来回环看。我对妻子说:"我去欧美东南亚日韩看过不少观光厅,上海中心的观光厅最漂亮。"妻含笑着说:"那我就没必要去国外看啦。"

走出观光大厅,来到下层的购物厅,一位男摄影师主动为我们拍照,说是看了喜欢就买。我俩看了,爱不释手,当即买下,人民币100元。这张100元的照片抵千金。

上海最深:深坑秘境

(2019年6月14日)

深坑秘境,深秘在佘山脚下。地铁飞驰,来到佘山站,出站叫了一辆出租车,长驱直入到了深坑秘境。

进门,抬头见到"蓝精灵乐园"几个大字,再看过去,是"精灵树屋""大摆锤"等等,这里是孩子们的世界。经人指点,过盘道,便是"深坑秘境"入口,买了门票,穿上绒布防滑鞋套,再过盘道,两侧崖壁,走出道口,远处,山崖伟岸,崖下山地低凹,崖壁一幢楼宇,像一幅水彩画悬挂在山水间,这就是佘山世茂深坑酒店。

正看着,忽然传来一个男人的叫喊声:"妈呀,我的妈呀!"闻声望去,右边是一条玻璃栈道,玻璃透亮,栈道底下好似万丈深渊。那是一位年过不惑的汉子,身子壮实,北方口音,他刚迈出几步,双手扶壁,惊吓得面

深坑秘境，酿出记忆的蜜

孔抽筋，止步不前。见他挣扎再三，还是退了回来，又一声："我的妈呀！"扭头离去。

妻子有恐高症。

"不走了吧。"我说。

"走走看。"妻子望着玻璃深渊答道。

她小心翼翼走去，我上去搀扶被她婉拒，还说："下面很好看。"有道是："智者不惑，仁者不忧，勇者不惧。"妻子不惑、不忧、不惧，她不信教、不信邪、只信天理。

走出玻璃栈道，步入景观平台，我俩照相留念，共贺胜利。

前方酒店，阳光灿烂，一扇扇玻璃窗，如一张张笑脸，美不胜收。著名的美国《国家地理》杂志赞誉深坑酒店是"世界建筑奇迹"。

酒店地上2层，地下15层，有2层在水下，深达90米，这是全球人工海拔最低的酒店。

说来难以置信，这深坑原是一个采石场，日本鬼子攻打上海，上海军民奋力抵抗，鬼子便在这松江郊外的佘山脚下建碉堡，在此采石，形成了坑洞。日本投降了，碉堡铲平了，如今酒店挺立，向世界宣告："中国人站起来了，富起来了，强起来了！"

蓝天湛湛，山林苍翠，问酒店，借我一杯茅台，为妻子健康干杯！

上海最古老（之一）：召稼楼

（2019 年 6 月 12 日）

九州有岳阳楼、黄鹤楼、鹳雀楼，上海有召稼楼。但是召稼楼不是楼，它是上海浦东新区的一座古镇。

时间往前推 500 年，乃《明朝那些事儿》的明朝，那时的古镇只是一个小村落，荒地遍野。村里有位官二代在此建造一座高高的钟楼，每天清晨，敲更鸣钟，召唤乡亲们垦荒种庄稼，躬耕垄田。钟楼取名为召稼楼，"十里晓烟破，数声召稼钟"，小乡村诗画乐曲一般，田野一片绿。只可惜，钟楼没能"再活五百年"，楼圮钟销，但楼名传宗接代，召稼楼从十里乡村，长成名扬百里的古镇了。

初夏的风，不冷不热，凉软软的亲吻我的脸颊，妻子的脚步也如微风般轻快了。

走下公交车，远远就望见召稼楼牌楼，模样古色古香，通体穿着新装，前不久才立的。

古街两侧，齐刷刷的门店隔三差五铺着召稼楼三宝，大曲、肉皮、拆蹄，还有别处引进的下沙烧卖、三林酱菜等等，店铺的外墙内壁阶上堂下亮着新辉，满街是老头老太，熙来攘往，当下的老人，钱多时间更多，"哪有热闹哪有我"，手起手落掏钱包，也有微信支付宝。老话说，会赚会用聪明子，会赚勿用呆笨子，勿赚会用败家子，这些老人个个都是聪明人。

古镇传宗接代的除了楼名，还有 500 年来传下的古建筑，很有名的是我们上海城隍庙老爷秦裕伯故居，故居一侧是当代影星秦怡艺术馆，不久前新建的，秦怡是秦老爷的第 17 代重孙女。还有一座"礼耕堂"的古建筑，那是疏通江浦，为上海水利建功的叶宗行故居，庭院五进，灰瓦墙门，一道叠过一道，骑马墙、荷花墙，引人步步怀古。还有弄深巷曲的梅园老屋，号称 99 间，素墙灰瓦，面容憔悴了，不知日后能否修旧如旧，沧桑与绿枝相伴。

有诗写道："高屋窄巷对街楼，小桥流水处人家。"前一句有些文过饰非，后一句倒是真实不虚。这里有流水多条，市河就是姚家浜，水上架有多座古桥，一座座灰白古意的桥身，桥头香樟叶茂。正值中午时分，我们来到姚家浜畔，河边一排餐馆，沿河长列餐桌，素朴洁净。我们在一张临河的条桌边坐下，起叫了几款农家菜，端上的菜肴，清香，淡爽，甘鲜，很合妻子的胃口，一种无法言说的美妙滋味。

粼粼河水，映在妻子的脸上，层层光泽，两边鬓发起银波。我静静地望着她的脸，心起涟漪。我俩一起穿越花甲，迈过古稀，走到金婚之年，多少悱恻，无限缠绵。记得她，常常端饭上菜催我："别冷了，别冷了。"难得她常年坐在缝纫机旁为我缝补线迹，制作一件件合我身材的衬裤内衣，直到今天！我俩婚前有约，一切收入归"公"，不设"私"房钱。争吵生气绝不超过 10 分钟，她惹我生气了，就会主动转过身来解释几句，我招她生气了，让她伸出拳头，我叩头三下。不是肉麻当有趣，这些算是我俩最浪漫的事儿。50 年来，春夏秋冬，四季如一日，她操劳我，操劳女儿，操劳外孙，操劳了大半生。如今，我们明白，我们和孩子的关系，从喂养到长大成人渐行渐远，这是人生的轨迹。不再为儿孙累，不再为稻粱谋，生活越来越简单，日子过得越来越滋润。

"催一阵急雨，抹一天云霞……谁爱过这不息的变幻？"林徽因天问。

"我爱过。"我的回答。

我和妻子，历经人间的风风雨雨，但生活在家庭的港湾里，看云霞窗前，任变幻不息，热爱生活，热爱朋友亲人，不变不息。

500 年的召稼楼，钟声余音绕心头，我们俩，心不老，牵手走，街石声声。

花好稻好嘉北郊野公园

（2019年11月1日）

翻开上海地图，北部边缘是嘉定区，以前称郊县，嘉定北边有嘉北郊野公园，上海的最北端。谁说"找不着北"？我们一行，沈建平沈继红夫妇等六人，顺着"百度"，一路导航，一下脚就踩在嘉北郊野公园的园门口了。

秋季在阴阳五行中归金，"金秋"一词，妙不可言，步入园门，"金"色耀眼，"秋"高气爽。放眼望去，枫香、银杏、乌桕红遍，好一幅金色秋图，阳光下，我们披金戴银，犹如皇上行乐。

杉木大道两侧，云雾状粉红色野草花，野得疯狂，汇成"花海时光"，光波连天际。

"这是什么花？"同行者有人问。

木子女士最年轻，眼疾口快，看着草丛里指示牌道："粉黛乱子草。"

嘉北郊野公园，情满怀，谷满仓

这位地道的上海女子，"未施粉黛淡颜丽"，刚一出口，脸庞像是抹上了粉黛，更是"青眉朗目笑皓然"了。我们这帮上了年纪的上海人，望望这片来自美洲大草原的野种，只管环顾左右而言他，相视开怀，嘻嘻哈哈，打响了游园的开场锣鼓。

旷野清朗，阳光里，稻草雕塑的立体，炫彩绽放，有老农开镰，有顽童戏耍等，栩栩如生。公园正在举办"稻草文化节"，稻草作笔，诗画书地，流动的美，独特的风景。有一堆稻草垛，光影绰绰，让人联想到法国画家莫奈的系列名画《干草堆》，诗情韵味，我们6人，左旁右倚，画中人，个个靓丽。

当个稻田里的守望者，守住自己的灵魂

"喜看稻菽千重浪。"郊野上一大片的稻田，连到天际，秋风夹着稻香，我们个个笑逐颜开，手舞足蹈。40年前，建平夫妇在星火农场当知青，在大片水稻田背天插秧，也在40年前，晓萍插队落户在黑土地，见过大片稻田，我在儿时，在家乡也和稻谷们比邻而居，这些都是很遥远的事了。今天，见那稻穗甸甸，丰稔饶美，遥想当年，无不眼眶湿润。"我们的理想，在希望的田野上，禾苗在农民的汗水里抽穗……"歌声在田野里回荡。"稻花香里说丰年，听取蛙声一片。"（辛弃疾《夜行黄沙道中》）今年是我国举办的第二个"中国农民丰收节"，祝我们的农民兄弟们节日快乐！

见了花好，见了稻好，不由想起坊间一句讥讽他人爱吹嘘的俚语："说得花好稻好，哼！"嘉北郊野公园，花是真的好，稻也是真的好，那可不是我吹的。好啊，嘉北郊野公园，找得着北，我们会再来。

苏州之最游

（2019年11月11日）

今日正逢"双十一"，11月11日，原本是光棍节，大龄光棍们压力山大，你推搡，我轰炸，浴火重生，涅槃化为"买买买"的购物节，亿万人通宵秒杀血拼，好似一场狂欢派对。我虽不尚血拼，但好歹也会应景一番，今朝起早，特约邻居蒋慎立、邹明丽夫妇，跨省去苏州出了一点"血"。

1. 世界唯一的盘门

苏州本有八座城门，但苏州人却说"苏州六城门"。原来其祖上历来终年关闭金门、娄门。爱自嘲的"苏空头"也就把上述两门清空了。

盘门，老苏州人叫作"冷水盘门"，冷冷清清没人气。实在是，盘门偏离城里太远了，那条去盘门的路被戏称"走煞护龙街"。被苏州人戏言的路还真不少，有叫"晒煞北街"，这条北街的南面全是低矮的平屋，挡不住热辣辣的太阳，真让人"晒煞"。也有一条叫"苦煞沧街"，沧街的铺面全是铁匠店，有道是，打铁、撑船、磨豆腐，三大苦行业。还有一条叫"吃煞临顿路"，"苏空头"把临顿念成伦敦，天下闻名了。临顿路上家家汤面馆，苏式汤面闻名天下，最著名的要数三虾面，虾脑、虾子、虾肉，吃起来，打着耳光不肯放。另有一条叫"着煞旧学前"，着，穿着也，苏州人念"着"，啧啧好听。这条旧学前街满眼漂亮的服装店，相当于旧上海的石路，闻名遐迩的服装街。石路，即现在的福建路，从老闸桥到陈家木桥，早先是一条烂泥路，当年李陈两家结亲，李家是大户人家，买了几万块石

苏州盘门，水陆萦回，不负吴越

头，从老闸桥一直铺到陈家木桥，这条路便叫石路，老上海人叫到今天。

苏州城门，从古到今，最热闹的数阊门，《红楼梦》第一回写道："当日地陷东南，这东南有个姑苏城，城中阊门，最是红尘中一二等富贵风流之地。"

从前的"冷水盘门"，如今也热闹了，盘门的广告语很酷："北有长城之雄，南有盘门之秀"。走上盘门城楼，只见乌泱泱的旅游团队，小旗儿飘飘，人声嘈嘈。当然，盘门名胜赫赫，它是世界唯一的水陆双城门，城门曲折盘回奇诡，水门门洞高阔，可并排航行四条游船。盘门建成2500多年，非常古老，如今的瓮城、城楼、雉碟、女墙等等依然完好如初，世属罕见，盘门被公认为"世界奇观"，信然。

2. 三轮车上的三个老人

继盘门"世界奇观"，另有一个"世界奇观"是我们三个老人创造的。

那天午餐在一家著名面馆，点了一碗鳝丝浇头汤面，青花瓷的大碗里，汤水满满，吃得肚饱气胀，脑袋血液直下胃宫，走出店门，头重脚轻，欲去网师园没了方向，正巧驶来一辆三轮车，虽然破旧不堪，我们也不还价，三个老人昏昏然坐了上去，我位中间，哪里是坐，大半个肥臀悬着，杂耍一般。三个老人，240岁，近500斤，半吨了，车夫是个年轻力壮的汉子，踩踏不动，只好直立蹬踏，汗流夹背了。我们虽然洋相百出，一路还是自嘲戏笑。车到网师园，车夫一边收款，一边咧嘴笑说："你们在车上说笑，我也听得很开心。"车夫与乘客同乐，喜欢"讲张"的苏州人，也是一道风景线哟。

3. 最精致的网师园

"啥叫网师园？"蒋老师问我。我好为人师，即答："网师是苏州人

网师园响石，唤醒沉寂的记忆

对渔翁的尊称，就像我叫侬蒋老师一样。"有诗为证："他日买鱼双艇子，定应先诣网师园。"清代文人洪亮吉写的。正统排名，中国四大古典园林，苏州的拙政园、留园列在其中，而我唯对网师园情有独钟。我受诸葛亮的熏陶：淡泊明志宁静致远。网师园是苏州最精致的园林，迎合我心。

网师园很小，面积不到10亩，但声名远扬四海。世界四大博物馆之一的纽约大都会博物馆，慧眼识珠，把网师园中的殿春簃仿制中国"明轩"，供世人游览。这个殿春簃阁名比明轩更胜一筹，其庭院前栽植芍药，芍药是仅次于牡丹的名花，花期在春末，暮春万葩凋零，芍药殿后，是春天的守望者。

网师园虽小，但画坛大家云集，被称为"五百年一大千"的书画大师张大千在20世纪30年代，一住就是五个春秋，徐悲鸿等著名画家常常雅聚于此。张大千爱画虎，在园里豢养了一只乳虎临摹，他爱虎如子，我们在殿春簃西墙的一个墓冢处，见到了张大千的石刻题书"虎儿之墓"。另一位大画家、江南第一风流才子唐伯虎，他家宅桃花庵的一块巨大灵璧石，耸立在网师园内园的"冷泉亭"里，名鹰石，俗叫响石，我欣然叩击，就发出"金声玉振"之妙音。我属虎，借唐伯虎之余音，也让我的洞里虎躯长点虎气："别人笑我忒疯颠，我笑他人看不穿。"（唐伯虎《桃花庵歌》）

网师园早年游览过，最难忘的是那座"一步桥"。世间多曲桥，上海城隍庙就有著名的九曲桥，曲曲折折，九九八十一难，人生多崎岖。然网师园的桥，不曲不折，短短的只有一步，我们走过万卷堂，跨过这一步桥，就到云岗了。一步桥正式名称叫引静桥，只需要走一步，跨一河，便是彼岸了。"引静"致安，人生多快活！

4. 最古老的沧浪亭

沧浪亭，老上海人耳熟能详，去南京路旁的沧浪亭吃上一碗苏州汤面，一度标榜自己为懂经的老克勒。沧浪亭是苏州园林的老大，建于北宋，建园者是赫赫有名的诗人苏舜钦，他引用孟子的话为园名："沧浪之水清兮，可以濯吾缨。"称谓为沧浪之水，言之凿凿，园外有河，潆潆洄围绕园林，船只可以自由航行，苏舜钦曾多次驾船由园中去盘门外一带游玩。沧浪亭被称作水之亭园，名副其实。沧浪亭的假山最高处，苏舜钦筑亭也名为沧浪亭，他在亭柱上留下一首非常著名的楹联："清风明月本无价，近水远山皆有情"，让人一吟三叹。园中有一个明道堂，让我如见故人，台湾台中有个很有名的学校叫明道中学，校长汪广平，我曾陪同他前往考察苏州园林。"观听无邪，则道以明"，谓之明道，明道中学，一个教莘莘学子明志致远的好校名。沧浪亭，胜迹沧浪，不啰唆了。

5. 唯一书院园林之可园

出沧浪亭，小河对岸就是可园，这是苏州唯一的书院园林，读书人一见钟情。可园，原本是沧浪亭的一部分，后分家独立门户，但老祖宗遗言仍为园训："沧浪之水清兮可以濯我缨，沧浪之水浊兮可以濯我足。"取名可园。可园，池可观，台可钓，舫可风，水可颜，清浊皆可心。我们三个老人，出可园，当可回家去了。

附：今年头等乐事——金婚纪念日

结缡50年谓之金婚，这个称呼早在新婚不久就知道了，那时以为金婚远在好望角，遥遥无期。岂料，昨天一个走步，今天居然跨进了金婚之门！还记得小学作文一句得意的起语："光阴如箭，日月似梭。"这是"为赋新词强说愁"的青葱少年。50年匆匆，真是如箭似梭，就那么二晃三晃，"白驹过隙"了。

金婚纪念日，50年婚姻最重大的日子，该隆重一番。隆重之一，上海市卫健委特邀我俩免费拍摄金婚纪念照，抹粉黛，披婚纱，专业摄影。隆重之二，女儿为我们去酒家设宴。还有隆重三、隆重四，但均被我俩一一谢绝了。50年来，我俩没为国家建立功绩，没为家族光前裕后，何德何能隆重庆祝呢？结婚50年，18000多天，我们天天柴米油盐，世俗生活，金婚纪念日，我们一如既往，草草杯盘，谈空说有，平平实实过一天。

这一天，我俩去了家附近的避风塘餐厅，享用"商务套餐"的廉价小吃，平时我们常去假座，每每点上各自喜欢的特价菜肴：叉烧盖浇饭和酱鸭盖浇饭。今天"隆重"添加一碟白糖糕，一只烤乳鸽，三只菠萝包。茶水是免费的，我俩以茶代酒，酒杯轻响，"叮"的一声："干杯！"纪念我俩的金婚纪念。妻子长年盐斋白饭，50年唯一必吃年夜饭的自制烤麸，谐音"靠夫"，一生要依靠丈夫。今天席间，没有一句回顾的情话，没有丝毫缠绵的神情，相对闲聊，尽是细碎家常，她说："明天去菜场买两斤太湖菜，要拣新鲜的。"我说："等会去楼下超市买光明牛奶，提醒我。"如此而已。临窗倚坐，俯看街头车马川流，侧听邻桌一家老小举箸言笑，一个多小时，细细品啧，不啻是一席珍馐美宴，结账90元。

90元？长沙兄嫂得知，几乎笑掉了大牙，我跟他们戏言，当年蜜月旅行，三天才花45元！

当年，即1969年，正是"文革"高潮，敲锣打鼓"扫四旧"，移风易俗。我们结婚，没办酒席没拍婚照。至亲来道贺，没有红包，最贵重的一件礼物是一对高脚搪瓷痰盂罐，我是上门女婿，婚房是亭子间，马桶在室外走廊一角，起夜很不方便，这件礼物有随侍之效，让我们欣喜不已。

金婚纪念日，红烛心灯

虽然婚姻操办从简了，但我精心策划了一次蜜月旅行。那会儿，全国没有一家旅行社，旅游之风直到20世纪80年代才兴起，家人得知我们的安排，诧异惊叹。

我们出游第一站，苏州虎丘山，那天，山里除了二仙亭里陈抟和吕洞宾默默下棋，只有一两个当地人。二仙亭柱上有副楹联："梦中说梦原非梦，元里求元还是元。"看了多时，记住了，但似懂非懂。第二天到无锡爬锡山，山上阜峦竞秀，烟树迷离。到山顶，天色垂垂欲暮，山上也是阒寂无人。山顶还有龙光塔，但时间已不容假借了。我俩匆匆下山，灯火已明，情急中，忘了买送礼的泥娃"无

虎丘度蜜月，别有洞天

锡大阿福"。当晚,我们乘夜航船去杭州,航船很小,船舱只有对排的十几个座位。我们太累了,在两排靠船尾的空地上铺了一张很大的塑料布,和衣"摆平",在发动机的隆隆声里,一觉睡到天明。到杭州,直奔西湖,坐落在柳浪闻莺的靠椅上,欣赏淡抹的西子,相坐成四影。不闻人声,唯有柳莺鸣啭,真是"天上人间"!

蜜月三日游,一笔一笔记下花费,总共45元。这是当年我一个月的薪水,那时"赤膊工资",没有一分钱的奖金,更无"资本主义"的创收途径,45元,一笔相当可观的支出!

金婚50年,从青丝到白头,蜜月依然在心头,金婚是金。金婚纪念日,日照中天。

注:金婚后,我俩重游无锡,在寄畅园,以锡山龙光塔为背景照相,重温蜜月,犹如经典歌曲《昨日重现》所唱:"我所有美好回忆,清晰地浮现,仍能使我哭出来,一如往昔,这是昨天的重现。"

锡山龙光塔,50年后重见,恍如昨天

短信心游

隔海守望——母子日本自由行

（2013 年 8 月 21 日— 29 日）

母子俩与我们短信互动之实录

前 记

外公赠言："父母在，不远游，游必有方。"（《论语》）

一个是不懂日语的妈妈，一个是才八九岁的儿子，母子俩赴日本自由行长达 9 天，很不简单。女儿知道我们的担心，尤为牵挂小外孙当当。所以在短信里频繁使用"放心"。9 天短信，详细记录了行程、起居，种种趣事和情感流露，值得实录。（注：此时手机尚无微信和视频功能）

1. 从上海浦东机场出发

女儿的话：当当在机场买食品，很贵！

外公赠言："家有敝帚，享之千金。"（曹丕《典论》）

爸妈：（16:18）还有一个多小时就要起飞了，祝你和小当当旅途愉快。

女儿：（16:22）我们在机场休息室，当当花了一百多元买食品和饮料吃，很贵！

爸妈：（16:25）小家伙出生第一次出国，看到这么漂亮的国际机场，胃口大开了！

女儿：（17:08）我们登机了。

爸妈：（17:09）太好了，快乐的旅途开始了。

2. 大阪

第一天

外公的话：大阪的名字很有趣。大阪以前叫大坂，"坂"字可拆为"土、反"，明治维新后，怕"武士谋反"，遂改为大阪。日本人称得上高级算命拆字先生，犹如旧上海著名算命先生韦石泉、韦千里父子。

外公赠言："名飞日月上，义与风云翔。"（李白《自溧水道哭王炎三首》）

女儿：（20:59）我们到大阪了，日本真近啊！

爸妈：（21:01）是的，一衣带水的邻邦。

女儿：（21:05）大街上的招牌多是汉字，路人面孔和我们差不多，好像还在国内某个城市。

爸妈：（21:10）是的，中日关系源远流长。我们叫日本为瀛洲、扶桑。李白名篇《游梦天姥吟留别》曰："海客谈瀛洲，烟涛微茫信难求。"

女儿：（21:15）我们现在去宾馆。

爸妈：（21:16）好。到了宾馆再给我们发短信。

外孙：（21:30）外公外婆好好睡觉！

外公外婆:(21:31)谢谢当当的关心。我们还是等你们到了宾馆再睡。

女儿:(22:22)我们到宾馆了,放心,一切顺利。

爸妈:(22:23)很好。早点睡。

第二天　游环球影城

外孙的话:外公外婆身体健康,万事如意,一切顺利。

外公赠言:"赠人以言,重于金石珠玉。"(荀子·非相)

女儿:(8:57)我们出发去大阪环球影城。

爸妈:(8:58)我游大阪时没听说过。

女儿:(9:02)这是日本最著名的两大主题乐园之一。"东有东京迪士尼乐园,西有大阪环球影城。"

爸妈:(9:05)好,祝当当玩得开心。

大阪环球影城,最爱蜘蛛侠

女儿：（9:15）我们现在在大阪环球影城纽约区，那里有蜘蛛侠惊魂历险，飞檐走壁。当当买了一把蜘蛛侠扇子，边走边扇，很神气。

当当：（9:20）祝外婆身体健康，万事如意，一切顺利。

外公外婆：（9:25）谢谢当当的祝福。

女儿：（21:09）我们回到宾馆了。

爸妈：（21:10）晒依哦那拉。（洋泾浜日语：晚安）

第三天　游天守阁

女儿的话：当当的脸，五月的天，一会儿雨，一会儿晴。

外公赠言："少年猎得平原兔，马后横捎意气归。"（王昌龄《观猎》）

女儿：（11:05）当当早上睡到11点，现在我们出发去大阪城天守阁。

城墙护城河，寂寞皇城

爸妈：（11:07）这样玩很放松很享受，是真正的旅游。天守阁我去过。这是日本最高的城堡，白墙，绿瓦，镶铜镀金，金碧辉煌，是世界文化遗产，值得一游。

女儿：（11:12）当当丢了给他买的蜘蛛侠扇子，正在伤心呢。

爸妈：（11:38）上海也有卖的，回上海买吧，别伤心了。

女儿：（15:30）在天守阁给买了有他名字的纪念币，他又高兴了。我们现在回宾馆拿行李，然后坐火车去京都。

爸妈：（15:35）好。慢慢游。

3. 京都

第一天

外婆的话：宝贝，你真勇敢，好样的！

外公赠言："遇事无难易，勇于敢为。"（欧阳修《尹师鲁墓志铭》）

女儿：（18:10）我们到京都宾馆了。

爸妈：（18:18）京都相当于我国老北平，是日本的古都，有旧都的色彩。是日本著名作家村上春树的故乡，他的长篇《挪威的森林》，故事就发生在这里。你们该吃晚饭了吧。

女儿：（20:45）我们吃好饭了，当当到免费的宾馆澡堂泡澡，我在外面等他。

爸妈：（20:46）当当一个人在澡堂安全吗？出来后请来短信。

女儿：（21:09）他已经出来了，放心。

外婆：（21:10）宝贝，你真勇敢，好样的！

女儿：（21:15）在澡堂里，一位日本中年男子误以为当当是日本人，用日语和当当交谈，当当用英语回答，但日本人英语说得很差。

爸妈：（21:10）是的，我在日本，有人也以为我是日本人，我答：

"Chinese。"晚了,早点睡吧。

第二天　游清水寺、金阁寺、二条城

外公的话:日本多寺院。我国鉴真和尚是该国佛教律宗创始人,我去过他建造的日本奈良唐招寺,这寺为日本佛教徒登坛受戒之始。

外公赠言:"山寺归来闻好语,野花啼鸟亦欣然。"(苏轼《归宜兴题竹西寺》)

爸妈:(11:00)你们现在在哪里?

女儿:(11:09)我们在清水寺,这是日本最古老的寺庙。有意思的是,它的创始人慈恩大师竟然是我国唐玄奘在日本的第一个弟子!这里的悬空舞台没有一根钉子,了不起。现在我们在外面吃甜品,然后准备去金阁寺。

金阁寺倒影美,怎比男子汉的帅

爸妈:(11:10)金阁寺的倒影很有名,记得那年我游览时拍过倒影留念。金阁寺全用金箔装饰,所以取名金阁寺。

女儿:(17:20)我们也拍了倒影,的确很美。

爸妈:(17:25)记得日本著名作家三岛由纪夫的长篇《金阁寺》,是日本美学的代表,可惜他切腹自杀了。

女儿:(17:33)我们刚刚看完二条城,城的四周都是高墙,看上去雄姿凛凛。

爸妈:(17:34)累吗?

外孙：（17:37）累。妈妈和我有礼物给你们。

外公外婆：（17:39）期待你们的礼物。

女儿：（18:02）我们在吃晚饭，当当点了很贵的猪排。

爸妈：（18:03）当当要吃猪排，我们很开心。但别吃得太多，保护好肚子，不要同时吃冷饮。

女儿：（18:04）嗯！放心吧。

第三天　游祇园、伏见稻荷大社

女儿的话：当当点了猪排饭，我想吃都吃不到。

外公赠言："子以母贵，母以子贵。"（《春秋公羊传》）

爸妈：（9:55）当当起床了吗？

女儿：（10:03）我们出发去祇园了。

爸妈：（10:05）好。今天是星期天，祇园是京都的艺伎区，艺伎表演是日本古典歌舞艺术。在那里或许会遇到一些穿和服的女学生，若对方不介意，可以合影留念。

女儿：（10:33）嗯。当当说饿了，点了猪排饭，我想吃都吃不到，他吃不下又要我吃了。

爸妈：（10:36）外婆看了短信哈哈大笑。说当当吃不了猪排妈妈吃，女儿也有营养了。外婆叮嘱：妈妈自己想吃什么就吃什么，不要太节约。

女儿：（10:42）嗯，

伏见稻荷大社大红了，来了红孩儿

他果然吃了两块就说吃饱了。

爸妈：（10:43）好，休息一会继续玩。

女儿：（15:01）我们现在在伏见稻荷大社，这是京都最古老的神社之一，在日本蝉联数届第一景点，也是电影《艺伎回忆录》的拍摄地。信奉五谷丰登、生意兴隆。我们在上山路上，沿路都是红色牌坊，大概寓意生意红火吧。

爸妈：（15:15）慢慢欣赏吧。

女儿：（16:53）现在我们在去东京的新干线上，要两个半小时。

爸妈：（17:01）哦，在新干线上吃点东西，让当当睡上一觉。

4. 东京

第一天

女儿的话：从28楼看东京夜景，灯火璀璨。

外公赠言："明月照高楼，流光正徘徊。"（曹植《怨歌行》）

女儿：（20:55）我们到东京宾馆了，现在外面吃晚饭。

爸妈：（21:02）太好了，终于到了你很向往的日本首都东京。东京，我一度将其和京都混淆。

女儿：（21:57）我们住在酒店28楼，夜景很美，灯火璀璨。我们准备睡觉。

爸妈：（21:59）晚安，祝当当做个好梦。

第二天　游浅草寺、迪士尼海洋公园

女儿的话：我们在乘天空鸭，很贵，当当一定要乘，只能陪他。

外公赠言："陶陶然乐在其中。"（杨炯《登秘书省阁诗序》）

爸妈：（11:07）现在是东京时间 12 点，外婆问：当当起床了吗？

女儿：（11:40）一早就起床了。我们刚刚去了浅草寺，浅草寺是佛寺，又是神社，佛神共处，犹如我国的儒释道和合。现在在乘天空鸭，是一个水陆两栖车，100 元，贵！就为了下水的 15 分钟，当当一定要乘，没有办法，只能陪他。

爸妈：（11:42）能乘这样的水陆两栖车，难得的机会，再贵也值。你和当当一起在车上吗？注意安全。

女儿：（11:44）放心，他胆子很小的，不敢离开我的。

情怯天空鸭：一手护住，一手放下，生活里的妈妈

爸妈：（11:45）这就好。

女儿：（12:05）我们在水上了。

爸妈：（12:06）好。

女儿：（12:31）我们上陆地了。

爸妈：（12:32）玩得感觉如何？

女儿：（12:34）蛮好的，很特别。

爸妈：（12:35）我们很羡慕。饿了吧，找个好餐厅，边吃边休息。

女儿：（13:52）我们在吃饭，然后去迪士尼海洋。

爸妈：（14:43）哦，我刚刚午睡醒来。现在当当正在迪士尼海洋吧。怎么叫海洋？

女儿：（15:25）是迪士尼海洋公园，还有一个是迪士尼乐园。当当说想去海洋。

爸妈：（15:30）当当喜欢海洋很不错，海洋很辽阔，还有海浪。那年我们去奉贤看海，他知道海上有海盗船。

迪士尼海洋公园，汽笛声催：起航！

女儿：（15:36）我们在去海洋公园的路上。

爸妈：（15:38）好。现在是东京时间下午4点半，公园什么时候关门？

女儿：（15:58）晚上10点关门。看当当想玩到几点就回去。中午吃撑了，我吃日本料理，他吃西餐，这个小傻瓜。

爸妈：（16:47）他不傻，外婆也不喜欢吃日本料理。

女儿：（17:50）好的。我们现在海洋公园，以海洋为背景，有许多世界各地风格迥异的海港。晚上人少还凉快。现在看激光和焰火表演。

爸妈：（17:51）我们在吃晚饭，等会去绿地散步，你们慢慢享受海风的凉快吧。

女儿：（21:16）我们出来了，准备坐地铁回去。

爸妈：（21:17）回宾馆早点睡吧。

第三天 游皇居、二重桥、台场

女儿的话：台场是用城市垃圾填海建造的人工岛，日本国土小，才用这一招。

外公赠言："人生处万类，智慧最为贤。"（韩愈《谢自然书》）

女儿：（11:14）我们出发了，现在皇居，离宾馆很近，走走就到了。皇居是日本天皇的住所，只开放东御苑。这是皇家大花园，当当很开心，做飞跃动作。现在去二重桥。

爸妈：（12:54）二重桥，我去过，这是通向皇居的通道，外面是一座石桥，里面是铁桥，所以叫二重桥。

女儿：（13:32）现在走完二重桥，准备去台场。

爸妈：（13:40）台场在东京湾上，完全是用城市垃圾建造的。

皇居飞鸟，喜欢自己，乃至影子

女儿：（14:49）是的，日本国土小，人口多，才用这一招。东京银座原先也是一片汪洋，400年前填海造地，现在成了亚洲第一大城市。

爸妈：（14:55）日本人的"精卫填海"。陶渊明诗："精卫衔微木，将以填沧海。"

女儿：（15:00）到台场了。台场是一个现代化城市，非常繁华，我先带当当去船之科学馆。

爸妈：（17:59）好。我们在避风塘，你妈妈想吃叉烧饭。

女儿：（18:01）嗯，她想通就好了。我们现在回宾馆，在宾馆附近吃晚饭。

爸妈：（20:33）吃些什么？宾馆里有餐厅吗？

女儿：（20:35）宾馆里贵啊！在外面吃天妇罗。这是一种用面糊炸的日式菜，外酥里嫩，宴会也可上的菜。照理说，日本料理以清淡为主，不该有天妇罗这样油炸菜。原来这是一道由葡萄牙传入的菜，

台场迷你车，迷住你了

天妇罗这词就来自拉丁语。

爸妈：（20:37）猜到你为了节约，不在宾馆用餐。但你们玩得很辛苦，营养要保证，特别是你自己。玩得好，吃得好，休息好，这才叫旅游。

女儿：（20:47）嗯，没有节约。

爸妈：（20:49）好。你只有旅游，才是花钱的时候，妈妈再三叮嘱：你自己也要吃！

女儿：（21:20）嗯，放心。

女儿：（21:22）我们到房间了。

爸妈：（21:23）晚安。

第四天　游明治神宫、迪士尼乐园

女儿的话：彼得潘，是梦幻岛上一个永远不会长大的孩子。

外公赠言："此间乐，不思蜀。"（《三国志》）

女儿：（11:00）我们出发了，去明治神宫。明治神宫是专为祭奉明治天皇而建的神社。走进去的甬道两旁，古树参天，很凉快。里面是日式庭院，比我国的古典园林简约、明丽。这是日本新人喜爱举办婚礼的地方。当当昨天买了显微镜，他很开心。

爸妈：（11:02）显微镜能看到很小的东西吗？回上海也让我们看看。

外孙：（11:04）好。

外公外婆：（11:05）谢谢当当。

（转发英文胡老师短信，叮嘱当当暑假作业。）

女儿：（12:34）当当看过了，心情有点沉重。

外公外婆：（12:36）心情没啥可沉重的，把游玩日本的事讲讲就可以了。

女儿：（13:44）我们现在去迪士尼乐园。

爸妈：（13:46）好。这是当当最喜欢的地方，是这次旅游的高潮。注意安全。

女儿：（16:27）现在进园了，在排队玩项目，这个项目叫彼得潘。彼得潘是一个永远长不大的孩子，生活在梦幻岛上，和岛上的孩童们一起冒险、寻宝、打击海盗等等。当当也在岛上梦幻一般的玩。

爸妈：（16:27）这梦幻岛让我想起舒曼的《梦幻曲》，他在乐曲里回忆了和未婚妻的童年时代，如美丽的梦。当当钢琴弹得不错，也许将来弹奏《梦幻曲》时或许也会回忆起今天游玩梦幻岛的情景。

迪士尼乐园，来了一个卡通男孩

女儿：（16:30）嘿嘿！

爸妈：（16:33）很好。不要玩得太累，也不要太晚，注意安全。

爸妈：（18:40）现在玩得差不多了吧。告诉当当，以后上海浦东迪斯士更好玩，留点项目到上海玩。

女儿：（18:43）我们在乐园里吃饭，放心。

爸妈：（22:08）到了宾馆告诉我们。

女儿：（22:09）到了，放心。

爸妈：（22:10）好。晚安。

第五天　游银座

女儿的话：最后一天，在银座吃到了蟹道乐。

外公赠言："乘兴而行，兴尽而返。"（《世说新语》）

爸妈：（11:18）现在哪里？

女儿：（11:23）银座，玩具博品馆，给他买礼物，他很开心。

银座玩具博品馆,每只玩具藏着一个小孩

爸妈:(11:24)银座名字很美,早先这里是银币铸造地。

女儿:(11:39)我们在吃蟹道乐,总店在大阪,没吃到,在银座看到了,店门口悬挂着一只大螃蟹的标志。蟹道乐是日本料理中的美食,被叫作螃蟹宴。但相比《红楼梦》里的螃蟹宴逊色多了。

爸妈:(11:50)是的,贾宝玉有诗:"持螯更喜桂阴凉,泼醋擂姜兴欲狂。"你妈做的六月黄,我每每吃着"兴欲狂"。

女儿:(12:03)我们现在在宾馆,已经退房,下午3—4点坐车去成田机场。

爸妈:(12:10)好。行李在身边吗?看管好。

女儿:(12:12)不在身边,在宾馆寄存,等会回去拿,地铁就在宾馆旁边。

爸妈:(12:13)到成田机场给我们发短信。

女儿：（16:52）我们在机场了。

爸妈：（16:53）好。起飞时间是北京时间几点？

女儿：（17:00）19:30。

爸妈：（17:01）好，时间还早，最后一站了，找个休闲店吃爱吃的东西，好好休息一下。只是一定要记住登机时间。

女儿：（18:13）我们登机了。21:10到上海。当当有好多礼物要亲手交给你们哦。

爸妈：（18:14）真好。我们特别期待当当亲手送给我们礼物。

5. 东京—上海

女儿的话：当当一定要今晚把礼物送给外公外婆。

外公赠言："慈孝之心，人皆有之。"（苏辙《古今家诫叙》）

21点25分，女儿来电，已飞抵上海。称当当一定要今晚把礼物送给我们，太晚了，我们和当当通话，当当答应明天把礼物送上。

心系意大利——母子意大利自由行

(2014年8月14日—26日)

母子俩与我们短信互动之实录

前记　老疾俱至，卧以游之

2014年的暑假，女儿携同刚刚读完三年级的外孙当当赴意大利自由行。一个是弱女子，一个是小男孩，千里迢迢，人生地不熟，我和妻子不免心中忐忑。一路上以短信相随，以抚慰心头的牵挂和不安。（注：此时手机尚无微信和视频功能）

我在18岁时读了《罗曼·罗兰文钞》，就迷上了意大利的异国风情。女儿早就相约，这个暑假一起出游。不巧的是，今年3月底的一个夜晚，我在公交站头不慎摔跤，左手手骨骨折，双腿严重受伤，寸步难行，外出就医只能靠轮椅代步，昼夜疼痛难熬，体重骤降十多斤，减到108斤。祸不单行，继而腰肌受伤，步履艰难。至今已逾数月，仍然手不能握拳，臂无法抬举，日常生活不很方便，以致意大利之旅未能成行，乃一大遗憾。

"澄怀观道"和"静照忘求"是山水诗写作的最高境界。南朝刘宋有一位叫宗炳的写道："老疾俱至，名山恐难偏睹，唯当澄怀观道，卧以游之。"卧游是"老疾俱至"的老人游山玩水之道。我们通过短信和女儿外孙互动，恰似作了一次"心游"。"心游"胜似"卧游"，甚感欣慰。兹将12天旅途中的短信实录于后，也算是一份特殊的纪念，献给自己，也留给女儿和外孙吧。

实录里的语录多摘自《罗曼·罗兰文钞》，罗曼·罗兰，法国作家，著有长篇《约翰·克利斯朵夫》，荣获诺贝尔文学奖。

史汉富

记于2014年9月6日早晨4点30分

第一天　上海—米兰

米兰，上海姊妹城市

罗兰："我想到意大利去，想得厉害。"

爸妈：（14日21:27）何时起飞？

女儿：（22:38）1点40分起飞，你们不要等了，睡觉吧。

爸妈：（15日0:21，半夜醒来）登机了吗？

女儿：（0:22）在安检。

爸妈：（0:25）好，到意大利后再联系。

女儿：（11:07，飞行了9个半小时）到俄罗斯莫斯科机场，转机去米兰。

女儿：（18:30，又飞行了7个小时）到米兰了。

爸妈：（20:30）现在在哪里？

女儿：（20:31，时间又过了2个小时）在宾馆大堂准备入住。

爸妈：（20:31）从上海至米兰宾馆入住，共花了19个小时！现在你和当当的体力怎样?

女儿:(20:38)很好。到处走走,没事。到街头看看米兰风光,米兰不愧是意大利第二大城市,融现代、古代、繁华、典雅于一体,米兰,散发着花的芬芳。她和我们上海结为姊妹城市,有一种莫名的亲切感。

爸妈:(20:44)是的,米兰这座姊妹城,常让我联想到我的书房里那盆清幽雅典的米兰。

女儿:(20:50)是的。我小时候在学校里喜欢唱儿歌《米兰》:"我爱米兰,老师窗前有一盆米兰,小小黄花藏在绿叶间,默默地把芳香洒满人心田。我爱老师,就像爱米兰。"

爸妈:(20:58)米兰,这个译名真好,就像徐志摩把佛罗伦萨译为翡冷翠。你们长途跋涉十多个小时,不累?很意外。

女儿:(21:05)放心,晚安。

意大利米兰,上海白玉兰,两朵姊妹花

第二天 米兰

游斯福尔扎城堡、米兰大教堂、斯卡拉大剧院

罗兰:"外国人比意大利人更能欣赏意大利民族的天才哩。"

女儿:(16:03)我们在斯福尔扎城堡。
爸妈:(16:03)当当最喜欢城堡了,给他买个纪念品。
女儿:(18:15)买了3D书,他很喜欢。
爸妈:(18:28)很好。现在米兰是中午吧,该午餐了,吃得干净一点。

女儿：（18:40）在餐厅吃午饭。意大利第一届美食节在米兰举行，蘑菇饭是米兰著名美食，我们在吃蘑菇火腿披萨。

爸妈：（18:44）好，慢慢享受。米兰斯福尔扎城堡游客不多吧。

女儿：（18:47）对，中国人不多，老外挺多。里面有五个博物馆。馆内有米开朗琪罗未完成的最后一件作品《伦达尼尼的圣母哀痛耶稣》雕像，而我也哀伤于米开朗琪罗，他未完成雕像而离开人世。现在我们在露天餐厅吃饭，感觉很好。

斯福尔扎古城堡，阳光少年抹上亮色

爸妈：（18:52）人多只能看人，人少才能看景，感觉自然很好。

女儿：（19:00）现在出发去米兰大教堂博物馆和洗礼堂。

爸妈：（19:05）米兰大教堂，上海的旅行社一般安排外部参观。

女儿：（22:09）刚刚结束米兰大教堂，这是世界第二大教堂，历时400年才建成，全部用白石砌成。拿破仑曾在此加冕成为意大利国王。现在到斯卡拉大剧院参观。这是世界最著名的歌剧院之一。歌剧《图兰朵》《蝴蝶夫人》等在此首演。

爸妈：（22:17）对。意大利是歌剧的故乡，值得参观。我们准备睡了。

女儿：（22:19）晚安。你们早点休息，我们明天再联系。

第三天　米兰—威尼斯

威尼斯，游圣马可广场

罗兰："我们在暮色苍茫中到了威尼斯。乌黑艇子沿着神秘而朦

威尼斯钟楼,男儿比挺拔

胧的小河游去,四周静悄悄的,远处响起了一阵阵悠然的钟声,在空中飘扬,又回荡于水上。一些灯光在夜色中滑过了,六弦琴幽微的乱弹渗和着潺潺的水声。庞大森黑的宫殿似乎在河面上浮泛。而今天清晨,灿烂的阳光照耀着圣马可古宫,教堂闪亮着金黄和银白的光彩,里面的大弥撒具有一出歌剧的背景和仪节。"

外孙:(14:15)当当来电说,他想外婆了。问外婆要买什么东西,外婆说,"什么都不要,你好好的玩。"当当补充说,他们将去威尼斯。

爸妈:(19:09)到威尼斯了吗?

女儿:(19:39)到了。在乘水上巴士,

圣可马广场上,读《马可·波罗游记》

去圣马可广场。

爸妈：（19:41）拿破仑说过，威尼斯的圣马可广场是欧洲的客厅。欧洲的广场多为客厅，让来客享受主人的温情。与我国的广场大为不同。

爸妈：（21:02）圣马可广场上带翅膀的狮子像见过了吗？

女儿：（21:45）还没有找到狮子像。刚刚参观了钟楼，钟楼有百米之高，是威尼斯的城市地标。我们在登顶，看威尼斯全景。

爸妈：（21:49）好。威尼斯是航海家马可·波罗的出发点，他的游记《马可·波罗游记》把古老中国介绍给了世界。圣马可广场大概就是纪念他而建的吧。我们要睡了，记住回宾馆手机要充电。

第四天 威尼斯

游玻璃岛、彩色岛、利多岛

罗兰："威尼斯这个城把我完全迷住了。我爱的是那绿湖，艳丽的鲜花和树立在四周的皇宫。假如我是十分幸福的，我很想在这儿住下，生活，享受生命。"

徐志摩诗《威尼斯》云："我站在桥上，这甜熟的黄昏，远处来的箫声和琴音，点儿，线儿，圆形、方形、长形，尽是灿烂的黄金，倾泻在波涟里，澄蓝而凝匀。"

女儿：（15:13）我们出发了，今天在威尼斯外岛玩。现在乘水上巴士去穆拉诺诸岛，也称玻璃岛。这是世界闻名的玻璃制品生产地。

爸妈：（15:46）这个玻璃岛没听说过。

女儿：（17:26）我们现在乘水上巴士去布拉诺，也称彩色岛，主要是彩色的房子和蕾丝制品。

爸妈：（17:31）好，这是很有特色的景点。欧洲建筑，特别是海边的房子，色彩打造得很美。

女儿：（19:02）我们刚刚吃了三明治，外岛的餐厅不多。我们现在去利多岛，威尼斯电影节所在地。

爸妈：（19:11）好。威尼斯电影节所在地值得一游。

女儿：（21:05）插翅膀的狮子看见了，拍了照片。

爸妈：（21:17）那头有翅膀的狮子是威尼斯城的保护神，看到了就没有遗憾了。你们的行程比网上慢半拍，很对。他们全是年轻人，当当还没发育，一定不能太累，要睡足。我要关机睡了。

女儿：（21:21）好的。晚安。

彩色岛，五色绚彩

第五天 威尼斯—佛罗伦萨

游圣乔治大教堂、凤凰剧院

罗兰："我喜欢威尼斯，我喜欢她的艺术家。可是我发现她真正的美在她本身，在她的气质中，在她的地势中，其余一切都配合或加强了她全部的风貌。"

女儿：（17:00）睡了个懒觉，我们出发了。第一站，圣乔治大教堂。

爸妈：（17:13）这个懒觉睡得好。去过圣马可大教堂还去圣乔治大教堂？

女儿：（17:56）那是不一样的教堂，圣乔治大教堂外墙雕刻可谓精美绝伦，描绘了《圣经》里最后的审判、天堂以及地狱景象。现在我们结束了圣乔治大教堂之游，去凤凰剧院。

爸妈：（21:55）凤凰剧院又叫不死鸟大剧院，是意大利乃至欧洲最著名的歌剧院之一。歌剧《弄臣》《罗密欧与朱丽叶》《茶花女》等就在那里首演。这几天我在看电视播放的意大利歌剧，如普契尼的《图兰朵》《波希米亚人》等。好了，已是晚上 10 点了，我睡了。

第六天 佛罗伦萨

佛罗伦萨，游圣母百花大教堂

罗兰："只要我留在意大利一天，我就只能看到妩媚的景色；湖水柔和地魅人，我的灵魂在微笑。"

朱自清《威尼斯》："这里没有汽车，要到那儿，不是小火轮，便是雇'刚朵拉'（贡多拉）。'刚朵拉'（贡多拉）是一种摇橹的小船，威尼斯特有。"

女儿：（15:40）我们昨晚到了佛罗伦萨。今天第一站：圣母百花大教堂，在排队。

爸妈：（16:40）圣母百花大教堂也翻译为花之圣母大教堂，加上乔托钟楼，上海的旅行社均安排为外部参观，太花时间了，所以你们排队是正常的，来不及可缩短其他行程。

女儿：（18:39）刚刚参观了大教堂内部的地下室，是一个古老教堂的遗址。登顶乔托钟楼，

佛罗伦萨河，偷笑小淘气

现在洗礼堂,这个建筑是金门,米开朗琪罗称它是"天堂之门",金光灿灿。等会登穹顶。

爸妈:(18:41)好,还没吃午餐吗?

女儿:(19:14)在排队登穹顶。登顶的走道非常狭窄,有许多弯道,上去有点累。在顶上俯瞰佛罗伦萨全城,全城的屋顶全是金黄色,金灿灿一片,很漂亮!早饭吃得很多,刚刚给当当买了甜品和巧克力,他没饿。

爸妈:(19:16)这种巧克

米开朗琪罗雕塑美,我们雕刻自己

力不一般吧。罗兰说:"我尤其爱吃罗马式巧克力。但我能吃生活中最苦的东西,还过得挺好。"当当,记住这句话!

女儿:(19:19)我们刚刚上厕所,两个人2欧元,人民币要16元,是不是很贵啊?

爸妈:(19:22)上厕所每人8元不算贵,欧洲其他地方要十多元。这个不能省,不要憋尿,伤身体。

女儿:(19:27)放心,当当很好。昨天当当乘了贡多拉,贡多拉是威尼斯的小船,小船装饰华美,两头高翘,呈月牙形,由一位船夫站在

威尼斯贡多拉,载不动满满母子情

船尾划动。当当课文里学过的,他一到威尼斯就说乘贡多拉。我说很贵的,他说一个人 5 欧元就乘,后来我们一问,人家是一条船算的,可以坐 2 至 6 个人。30 分钟 100 欧元,他就说算了。离开威尼斯的时候,在火车站附近找到两个中国人,说拼一下,火车站还便宜,80 欧元,我们就坐了。

爸妈:(19:36)当当太节约了,没意思,相对机票那是小钱了。当当喜欢的事一定要满足,不要留下遗憾!我说过,我们给的钱要花掉,不够回来我们再给。

女儿:(19:50)放心,不会节约的。

爸妈:(21:07)我们准备睡了,你们也不要太吃力,早些回宾馆休息。

第七天 佛罗伦萨

去比萨斜塔,火车坐过了站

罗兰:"我已经在佛罗伦萨待了一天了,过去我离开这城市时不禁心痛,在罗马时常常怀念它。它的美观又把我俘虏了。"

女儿:(16:55)我们在去比萨斜塔的火车上。

爸妈:(18:10)比萨斜塔到了吗?

女儿:(18:12)我们坐过站了,在往回坐。

爸妈:(18:19)过站了?是睡着了吗?

女儿:(18:20)不是睡了。问人,人家给我们说错了。

爸妈:(18:29)问人尽量多问两个,在上海,我也多次给路人指错方向,事后想想很后悔。我们正在吃晚饭,你们吃中饭了吗?

女儿:(19:49)他早上吃了 30 个小香肠,现在又饿了,吃热狗。

爸妈:(20:02)比萨广场估计何时能到?

女儿:(20:04)玩好了,比萨斜塔是红白相间的大理石砌成的。据说从塔顶到底脚偏离 5 米。拍了照片,回家给你们看。

爸妈：（20:06）哦，比萨斜塔值得一看。它因意大利物理学家伽利略从塔顶上做自由落体实验而闻名，我曾给当当讲过伽利略的故事，他或许记得这个名字。

女儿：（21:32）我们现在回佛罗伦萨的火车上，他睡着了。

爸妈：（21:38）太累了，火车上才会睡着，你更累吧，注意休息，我准备睡了。

女儿：（21:49）晚安。我们快到佛罗伦萨了。等会去旧宫，这古老宫殿是米开朗琪罗设计的，里面有一些他的作品。其他地方准备路过看看外观，当当没兴趣。最后到米开朗琪罗广场，看夜景。明天出发去罗马。

比萨斜塔倒不了，厉害了，一指禅！

第八天 佛罗伦萨—罗马

罗马，游图拉真广场、万神殿、纳沃那广场

罗兰："呵，罗马，罗马！这名字比其余一切对我更有意义。"

女儿：（16:09）我们在去罗马的火车上，1小时后到。

爸妈：（18:50）已经过了两个半小时了，罗马到了吧。

女儿：（19:52）到了罗马，在图拉真广场看图拉真柱。图拉真柱很有名，是皇帝图拉真为自己征服罗马而造的。

爸妈：（20:01）好好玩吧。

女儿：（20:22）现在在万神殿。

爸妈：（20:29）哦，罗兰说过："万神殿的塑像使我钦佩到极点，我真要流泪，感到自己的性灵融入那些柔和而强健的石像的沉静中去，那该多可爱！"

女儿：（20:35）万神殿是古罗马神话里众神的宫殿。这里存放着著名画家拉斐尔的遗骨，他真了不起。

爸妈：（20:42）是了不起，罗兰曾赞美道："达芬奇万岁！拉斐尔万岁！他们才是大丈夫！可在心里，他们也是女人！"

女儿：（21:08）当当他一定要乘马车，40分钟150欧元，我不同意，太贵了。

爸妈：（21:16）我一直很想坐这种欧洲古老的马车，人生难得这种享受。当当坐了，一辈子难忘，应该满足，这个该用的钱，不要心疼，回来我们付。

女儿：（21:38）我们在纳沃那广场，广场上有三个著名的喷泉，还有很多街头画家和杂耍艺人，很热闹。当当说不想乘马车了，我们第九天

罗马马车，条条道路通罗马

从罗马回来的时候再决定要不要坐。

爸妈：（21:50）当当遗传了你和你妈妈的节约品质。该用的不要吝惜，一定要满足当当的心愿，坐在马车上，看看街景，拍拍照，很开心的，否则太遗憾了。我们睡了。

第九天　罗马

游圣天使堡、梵蒂冈。乘马车，车夫变脸

罗兰："我又看到亲爱的罗马的一角了，我觉得它还是非常美，几乎更美了。"

爸妈：（18:29）我们吃过晚饭，在绿地散步，你们呢？

女儿：（18:49）我们刚看完圣天使堡，登顶城堡，看罗马的母亲河台伯河。走圣天使桥。现在准备去梵蒂冈。昨天坐过马车了，150欧元，车夫还要我们加50欧元小费，跑得远点，我没同意，他对我们态度就很差，马跑得慢。

爸妈：（18:58）唉，文艺复兴地罗马的马车夫，不及我国旅游景点的三轮车夫文明。

女儿：（19:19）进入梵蒂冈博物馆了，这里有许多文艺复兴时期大师的名画，如米开朗琪罗《创世纪》、拉斐尔的《雅典学院》等等。有中文讲解器，还能看出点名堂。

爸妈：（21:16）当当是否知

梵蒂冈博物馆，身藏白云深处

道梵蒂冈是全世界最小的国家,但全世界天主教会全听它的,除中国例外。梵蒂冈是拉丁语,意为"先知之地"。意大利人80%的信徒信奉天主教。我们准备睡了。

  女儿:(21:40)晚安。

第十天 罗马

游斗兽场、许愿池、古罗马遗址,看平乔山落日

  罗兰:"来到罗马,沉浸在艺术、诗和自由的气氛中。我是那么深深喜悦,我仿佛不再活着了,一切都仿佛是梦。"

  爸妈:(17:58)你和当当在被称为幸福喷泉的许愿池许愿了吗?

  爸妈:(18:17)我们已吃过晚饭,你们呢,在哪里?

  女儿:(18:40)我们在斗兽场。斗兽场有2000多年历史,为了取悦皇帝和贵族,在这里进行角斗士和动物的搏斗。我们看看,想想,好残忍啊!

  爸妈:(18:42)哦。

  女儿:(18:44)许愿池在整修,没有水,照片得不好看。斗兽场之游结束了,现在去古罗马遗址。

  爸妈:(18:52)古罗马遗址是当年市民祭祀的地方。

  女儿:(18:56)对,现在还保存许多神庙遗址,很壮观。

古罗马遗址,新世纪的笑

爸妈：（18:59）今天是 24 日，回程机票定在哪天？

女儿：（20:35）明天晚上 23 点飞机。现在我们在平乔山看日落和夜景。

爸妈：（21:36）好。我们准备睡了。

第十一天　罗马

游圣彼得大教堂

罗兰："在罗马宁谧的气氛中，我驱散了阴郁，恢复了凝静，甚至不时激动我的狂热也像一股湍流，把沉淀在灵魂深处的渣滓冲向远方。"

女儿：（15:54）我们睡了个懒觉，现在出发去圣彼得大教堂。圣彼得大教堂是世界上最大的天主教堂之一，惊艳世人。米开朗琪罗在古稀之年参与设计建筑。但他未能见到工程竣工，离世时 89 岁高龄。

爸妈：（16:06）好，进教堂后告诉我们。米开朗琪罗真了不起。记得罗兰赞美他说："他的每一件作品都是一个观念。它所包涵的一切都是为了使这观念更有力地突出而创造的。"

女儿：（20:51）我们刚刚结束圣彼得大教堂内部参观，花了 4 个小时，有中文讲解

圣彼得大教堂，让人联想到天堂

器，还是很有帮助的，里面的圣母教堂里有三宝，其中米开朗琪罗的《圣殇》是他24岁时创作的，但意大利民众不相信这雕塑出自一个年轻人之手，米开朗琪罗就在雕塑上签上了自己的名字，这是他唯一在雕塑上的签名。其他两件瑰宝分别是贝尔尼尼的青铜华盖和圣彼得宝座。我们现在准备登顶俯瞰梵蒂冈。

爸妈：（21:18）4个小时参观圣彼得大教堂很值，但也很累。距起飞时间不是很多了，最好早点去机场。手机、背包、行李一定要保管好。

女儿：（21:46）我们会早点到机场的。

爸妈：（24:47）好的。

第十二天　罗马—上海

在罗马火车站，钱包被偷

罗兰："现在我也得向亲爱的罗马辞别了。我离开罗马时所感到并不是真正的悲哀，有些像悲壮，那是悲剧的精华。"

女儿：（00:36）我们今晚23:05乘俄罗斯航空5V2405到俄罗斯转机SV206，到上海26日23:15。

爸妈：（02:13，凌晨）到机场了吗？

女儿：（02:21）在去机场的火车上。在罗马火车站钱包被偷了，在自动扶梯上去时，当当在前，我专注他的安全，后面紧贴一个小偷，女人，扒了我的钱包。幸好只有35欧元。

爸妈：（02:37）我们担心的事还是发生了。一路上还要保持警惕陌生人，小偷会专盯中国人。

女儿：（02:48）我在办理登机手续。放心，没事了。

爸妈：（03:04）好的。

女儿：（03:05）好，到莫斯科和你们联系。

爸妈：（03:14）好的。

女儿：（8:52）到达莫斯科了。

爸妈：（8:59）好，转机很花时间吧。

女儿：（9:41）要5个小时。

爸妈：（9:47）哇，这么长时间！全在机场里吗？

女儿：（10:02）就在机场。

爸妈：明天当当肯定要倒时差，睡懒觉。我们何时去接他？

女儿：（13:15）好，明天上午来接他。我正好去上班。

爸妈：（13:19）好，你们准备登机吧。

后 记

我们在晚上11点35分给女儿打手机，她说刚下飞机。母子俩平安回国了，我们悬了12天的心也终于放下了。

回国后，当当分别给我们两张漂亮的威尼斯明信片，上面写道：

外公：万事如意，每天都有好心情哦！

外婆：每天想你时，总能听到你的声音。每天热的时候，总能感到有你在扇风。

这些富有诗意、饱含深情的话语，出自一颗纯净的童心！

外公史汉富　外婆王宜君

2014年8月28日

附 录

一、2020年感言

元旦感言——致自己

今天是2020年1月1日,元旦,既是告别旧年的一天,也是迎来新年的一天。旧和新,一对孪生兄弟。

新年年年过,年年过新年。每逢过年总有盼,儿时盼得"糖糖",老了盼不得糖尿病,天翻地覆糖作证。老子有言:"及其老也,血气既衰,戒之在得。"

上海浦东星愿湖畔,闲看云影

我们单位有一个很高大上的名字：上海市健康促进中心，在下曾服务于此许多年。一晃，退休已达二十二载，岁月磨损身心，而今白头衰翁一个，虽有屠龙心，惜无缚鸡力。唯一能够使劲的是：自己保护自己的健康，想想不啻也是"三得利"——利国利家利自己，借此聊慰自己。

今日，在家的港湾里，消受慵懒，看东海旭日，静思情逸。天天有三餐，月月有养老金，年年有元，元旦，真好！

立春感言——致朋友

今天，2月4日，立春。打开房门，春天像久违的朋友，立在门前。朋友，你好，欢迎光临寒舍！春天，拥抱我，亲吻我，暖暖深情。

中国汉字很奇妙，可拆字，也可合字。二月，两个月字合为朋。呵，二月，呵，朋友。在这乍暖还寒的日子里，突遭新冠病毒来袭，最难将息。是朋友，来电来微信，给我温暖。朋友在，春天在！

老话说：千层布不及一层棉，朋友是棉，暖身暖心。朋友是生命里的一个密码，相逢别离，无人能解。我们只能做到，朋友来了，少取暖，多

上海新场古镇，结伴同游，笑容长留

送炭。朋友要分，不问不怨，送一阵，远远的注目礼。

曾经的朋友，你好吗？如今的我，辙痕满面，记忆中的你，依然容颜粲然。在这二月立春时节，心寄一束二月蓝，馨香祝福你，紫气东来。

"二月春风似剪刀"，剪岁月，剪出绿绿柳叶。柳是我的心，留住友情，留住美好，和朋友们相聚，在蓬蓬勃勃的春天里，江山丽，花草香，阳光明媚！

惊蛰感言——致青山

3月惊蛰日，屋外一声响雷，鸡窗遥望，又闻远山在呼唤："踏青！踏青！"

古人踏青，"步出东城风景和，青山满眼少年多。"而今新时代，老骥伏枥，看桐花万里，把青山踏遍。本老汉，登近郊佘山，凌远方阿尔卑斯山的绝顶。回望青山，满眼老年。

我与青山结伴，始于童年，家在宁波陶公山，家山乃陶朱公范蠡携西施归隐之地。山不在高，有仙则名。陶公山的湖畔出了个宋代宰相史浩。陶公山，青松翠柏芳草地，我是山里的野孩子，只知道疯玩，疯玩，10岁才进学堂。名落陶公山，愧对范蠡。

青山在呼唤，情切切。今日惊蛰一声雷，冬眠生灵醒来。那些蛇虫八脚，也鬼头鬼脑出洞来。今年冒出了新鬼新冠病毒，那厮肆虐霸道，呜呼，望山兴叹。

山色无言倍葱茏，花容有情竟妩媚，山野清纯若仙、幽

镇海九龙湖，走进山间，我是路边一叶

香如禅。青山哟，我们同仇敌忾，共克时艰，到那时，我会再来，回到昔日伊甸园，复活童年的自己。

天涯何处无芳草，人生无处不青山。

四月感言——致生日

自从走过喜寿，我就算是过了今年的生日了。春风贺喜不言语，不言语，我的生日玄默在四月里。

四月好时节，唐代诗人李颀低吟："四月南风大麦黄，枣花未落桐荫长。"更有当代才女林徽因浅唱："你是一树一树的花开，是燕在梁间呢喃，你是爱，你是暖，你是希望，你是人间四月天。"好个四月天，我喜欢！

八十二载光阴，一闪一闪，很短很短。八十二个四月，羞回首，难启

窗前一壶茶，默啜情思聚

齿，而今只剩一壶禅：自己喜欢自己。喜欢自己不卖老，喜欢自己怀悲悯，喜欢自己，遵古训，守"六自"：自律，自爱，自尊，自信，自立，自强。自己喜欢自己才能喜欢他人，他人也会喜欢自己。

这壶禅茶，清纯馨香。这壶禅境，日月星灯照门庭。一念心，一念悟，做好自己。

春风贺喜不言语，四月华诞独抚琴。

"六一"感言——致老年

今天"六一"，孩儿们的狂欢节。宝宝们还在睡梦中，老爷爷老奶奶们的微信，像声声爆竹响彻清晨："老小孩们，儿童节快乐!"有真心祝愿，也不乏调侃，总之，今天，老伙计们个个返老还童了，世界真奇妙。

本老汉，逢"六一"，况如弘一法师的悲欣交集。法师悲悯众生，我是悲悯自己。回想儿时"六一"，那个夜晚，熊熊篝火，映着白衬衣红领巾，童声嘹亮："我们新中国的儿童，我们新少年的先锋……"。然而今日，"可怜八九十，齿堕双眸昏。""不知明镜里，何处得秋霜。"篝火灭了，老凤浊声，五音不全了。老话说：七十不留宿，八十不留饭。我已八十三，无处留宿，无人留饭，遑论"老小孩们，儿童节快乐"。

有好友抚慰我："八十三，关刀岁。"说是圣帝关公的青龙偃月刀，重83斤，过五关斩六将，叱咤风云。83斤，83岁，关刀岁，风华正茂呐。国人真会讨口彩，而我有自知之明，手无缚鸡之力，谈何舞弄云长之青龙偃月刀。在"祖国花朵"的花园里，我只是一个看门老头："苍颜白发，颓然乎期间。"（欧阳修）

老伙计们，"六一"节不属于我们，人生只有经历，今天也是明天的老黄历。咱不装深沉，也不扮嫩，不唱高调，也不故作低调，活出自己的原生态。

过不了"六一"，不妨学学"六一居士"欧阳修，他的书斋非非堂里，有一万卷藏书，一千卷金石遗文，一局棋，一壶酒，一张琴，一块匾额。欧

童年，不会消逝

阳修是大人物，修成"六一居士"，咱最多"五一"吧。倘若"五一"也不配，那就效颦风流唐伯虎，唐寅晚年自号"六如居士"：如梦，如幻，如泡，如影，如露，如电。"六如"源自《金刚经》，人生"应作如是观"。

某年"六一"，小外孙给我戴上红领巾，让我回到篝火岁月，如梦如幻。今天又逢"六一"，我祝愿我的小外孙和蓝天下的孩子们："六一儿童节快乐！"

二、序言二则

我的《敬爱生命》

回想我和人口宣传教育工作结缘，或许可以追溯到半个世纪前的 1963 年。那年，《解放日报》有个"晚婚晚育大家谈"栏目。我未婚，25 岁，初中受教育程度，不知天高地厚，年少气盛，做了两块豆腐干文章投递到《解放日报》编辑部，想不到蟹爬的字——铸成了铅字，这算是我最早发表的"作品"了——《小青年感到的"压力"——也谈晚婚》以及《生孩子不是为了传宗接代》。笔下生花，我心花怒放，久久难忘。

待我步入人口宣教这份工作，已和当年的笔谈相隔了二十多年！1986 年，我为上海市卫生局撰写一部反映医德的电视片文稿《生命之帆》，这部电视片由上海计生宣教中心（后更名为上海市健康促进中心）制作，电视部领导王辉女士对我知根知底，数次和我长谈，力邀我加入他们的"国策"行列。我和王辉也曾有过交往，她毕业于复旦大学中文系创作专业，文学上早有建树，她创作的两部电视剧荣获"飞天奖"。那会儿她兼任中央电视台《中国人口》栏目总编室编辑达九年之久。面对这么一

王辉

张盛明

沈建平

位大家,谈吐又富有魅力,我经不住她的"诱惑",二十多年前埋在心底的《解放日报》的两粒星火倏然引燃,我义无反顾地投奔在她的麾下。这一跨步一直走到我1998年退休,屈指算来12年,恰恰一个地支,一轮生肖,一纪也。

回顾这12年,我不敢怠慢,斟字酌句,跟跟跄跄,总算完成了30余部电视片文稿的创作,最后竟有20余部在中央电视台和上海电视台播出。

来到千禧年,蒙上海市红十字会厚爱,为我个人编印拙著《博爱生命》,引发我把自己的30余部电视片文稿也编印成书。但重读时,又打消了这个想法,再次束之高阁。这一搁又是12年,不料2008年莅临,癌魔找上门来,手术后我得了严重尿失禁,可谓"屋漏更遭连夜雨,行船又撞打头风"。整整一年我走不出家门一步,还不时遭到忧郁症的困扰,挣扎度日。友人指点,不妨写写弄弄,疏解心理障碍。于是,我又重拾爬格子的活儿,一年伏案涂鸦,尿失禁居然痊愈了,忧郁症也逃遁了,还有一个意外的收获,出版了一本纪实文学《痴人笔记》,上架书店。在这一年里,我真切领悟出生命的可贵,于是又重拾12年前心血凝聚的电视片文稿,筛选辑集成书,作为《博爱生命》的姐妹篇,取名《敬爱生命》。

在这短短的12年里,我有过许多的苦恼,

人口宣传教育题材枯燥乏味，很少有人问津，我只能摸着石头过河，撸起袖子写，尝试各种体裁，寓教于乐，讨观众喜欢。下面恕我饶舌一番，并借此夸夸和我一起奋斗的同事们。

先来谈谈电视剧《依依海滩情》，这部电视剧本是由我和电视部灯光师张盛明合作撰写完成的，电视剧播出后，《新民晚报》《解放日报》等作了报道："这是一部宣传人口的电视剧，把孕产期保健知识巧妙地组织在一个哀婉动人的故事里，观众在欣赏电视剧的同时，接受了有关的科学知识。"这一尝试得到了广泛的肯定，该剧当年在中央电视台播出。让我引以为荣的是，该剧的主创人员全部是我们电视部的同事。

该剧的导演沈建平是一位高级摄像师，其摄像作品多次荣获"飞天奖"。他天资聪颖，发明了一只具有安全期避孕指示功能的"玫瑰钟"，并获得国家专利。他是电视制作的通才，技能全面，后任中心电视制作总监。

该剧摄像孙金国也是一位高级摄像师，同时也是中国电视艺术家协会会员，后任电视部主任。该剧的取景地在福建东山岛海滩，画面上的沙滩、波涛、海面上的朵朵浪花，美不胜收，至今仍然美在我的心头。

该剧主题曲歌词作者张海宁是著名的词作家，他的代表作《爱情鸟》《蓝蓝的夜 蓝蓝的梦》《透过开满鲜花的月亮》等流传广泛，

孙金国

张海宁

陈健

成为经典。他是电视部的高级编辑,是中国音乐文学协会常务理事,也是上海音乐文学协会会长。

下面谈谈音乐电视剧《歌星情感录》。这部剧由我和张海宁合作创作的。张海宁作词的9首歌曲贯穿全剧,歌词充满诗意,情感真挚,给人以美好的享受。《上海广播电视报》《新民晚报》《解放日报》等分别做了宣传报道:"这是一部风格清新,形式新颖的电视音乐剧。"该剧先后在中央电视台和上海电视台播出。

该剧导演陈健,是电视部的优秀导演,他导演的《西沉的太阳》在电视比赛中获得大奖。人才难得,他后被上海电视剧制作中心相中,成为专职导演,先后导演了《出租车司机》《黄浦江的故事》《郁达夫》等许多优秀的电视连续剧。

该剧的主演孙青,曾以一曲《月朦胧,鸟朦胧》荣获全国最佳电视剧插曲歌手的殊荣,后任上海轻音乐团副团长。

此外,我还采用电视小品的形式撰稿,分别创作了《大人和小人》《孩子和鸭子》《守信和失信》等6部系列片,均在中央电视台播出。

再说说电视专题片创作,我不满足于正襟危坐、板着面孔进行说教,而是尽量把知识、政策和可看性融为一体,比如政论性很强的《上海人口40年》、纪实性很强的《一所没有围墙的学校》、反映社会现实的《虎丘的憾事》等,力求做到讲述清楚又形象生动好看。

我们宣传的重点是生殖健康,这类科教片强调科学性,本应循规蹈矩,但也并非一成不变。我创作的《大观园里谈婚事》,宣传近亲结婚和"小通婚圈"的危害,邀请了著名的红学家、华东师范大学博士生导师郭豫适教授以及上海医科大学著名遗传学家许由恩教授作顾问,并请两位全程出镜跟拍,以游览大观园为载体,辅以电视剧《红楼梦》作经纬,穿插许多科学实例。该片曾在上海电视台作为保留节目,数年间多次播放。

我还创作了一部生殖健康科教片《输卵管结扎后的复通》,以一个真人真事为线索,按新闻纪录片的形式拍摄,辅以动画演绎科学知识,还特意邀请上海市妇产科医院院长和专家上镜作讲解。该片获得国家科委"蓓蕾奖"二等奖。

此外，我还尝试用电视新闻纪录片形式撰写了《上门女婿的心事》，由上海人民广播电台金话筒主播蔚兰女士现场播报，我们实地追踪拍摄。这一新的尝试发挥了名人效应，取得了很好的收视率。

回顾往事，最让我难以忘怀的是我们电视部"总教头"邱孝钮，他集导演、摄像和制片于一身，带着一帮子弟兄们走南闯北，业绩辉煌。我的许多电视片经他一手操办，可谓功德圆满。

邱孝钮

当年，电视部除了我一个知天命的老头外，其余近20位都是二三十岁年轻人，他们风华正茂，个个出挑，全是上海电视艺术家协会会员。这般藏龙卧虎之地，在国内或许是"独此一家，别无分店"。

行文至此，我的自我表扬也该打住了。我的这些经历虽然已湮没在时间的尘埃里，却都是那个时期的真实纪录。

凝眸12年，一个地支，一轮生肖，一纪，一瞬间。诸葛亮临终前以祈禳之法，欲增寿一纪未果；孙悟空为死去的寇员外向阎王求情，终延寿阳一纪。人生苦短，奥斯特洛夫斯基说"人最宝贵的是生命"，让我们热爱生命，敬爱生命吧。兹特录本书扉页上的献词，以飨读者："谨以此书，献给我敬爱的人。"

2012年7月9日写于竹叶斋

（选自中国人口宣教中心编著：《我们一起走——中国人口宣教工作40年回忆录》，中国人口出版社2019年版）

《当当诗文》序:走向成熟

七年前,我和妻子联手为外孙朱士弘(乳名当当)编录了小册子《当当语录》,记录他的幼儿时光。今岁,续编这本《当当诗文》,辑集他的小学阶段的生活,两册呼应,作为姊妹篇。

一天,当当得悉我们的想法时,当即决绝地说:"那么幼稚的东西,没人要看,不要做!"我听了,不胜欣慰,哦,小家伙已经从幼稚走向成熟了。

他的诗文的确幼稚,但这是一颗幼稚的心向人们袒露其纯洁、率真和善良的胸怀,读来令人动容。然而,其诗文的文笔、结构、思想并不幼稚,不乏才智。读他的诗,屡屡拨动我的心弦。他的作文,字里行间无不洋溢孩童世界的美妙。他的数万字魔幻章回小说《未来先驱》,很难置信是在一个暑假一气呵成的。这些无不令我感叹:后生可畏!我相信,他在诗文上的学养会成为他将来事业上的助推器。

照理,这本小册子早在他上初一时就该编印了,如今,他已

灵感闪现,扒下急就

读初三，延迟了四年多，这实在是我有意所为。

还在小家伙上三年级的时候，他突然向我宣布："外公，我要当作家！"我听了为之一惊。是的，他常常会不知来了什么灵感，挥笔作诗，有时，他凝望窗外连绵的雨丝，诗句像水一般的涌来。一天，他放学回来，放下书包，就趴在电视柜上写下诗篇。他写诗作文，总是全神贯注，忘掉周围的一切，真有作家的神韵。但是我清楚，作家这碗饭是不好吃的，除了有一份天赋，还得流九十九份汗水，更要耐得住寂寞，我不会鼓励他的作家梦。作家是人类灵魂工程师，天下作家众多，但真正担得起这个崇高称号的，却是凤毛麟角。倘若外孙小学毕业即为他结辑这本文集，无疑为他的作家梦推波助澜，于心不安。

如今，时光流逝四年多，当当已把作家梦付诸笑谈中，他有了新的追求。我也不再忐忑，可以用心把他的诗文化作一个小花园了，不为观赏，不为张扬，不为炫耀，只为他留下过往的花径，让他回望走过的脚印，继续前行，走向成熟，走向成才。

附言：《当当诗文》因故未能成册，兹选录当当写给我们的四首诗，以作留念。

蝙蝠赞
——写给病中的外公

在那美丽的山间，
夜空静悄悄，
一个个小小的身影，
漫天飞舞。
它是黑夜的使者，
披着神秘的风衣，
在天地间飞翔，
给寂寞的星空带来生机。

它是吉利的使者,
虽然很小很小,
但有超声波的本领,
超声波的发现,
让世界变得更加美丽了。
幽静的夜晚,
我们放飞一群蝙蝠,
为所有悲伤、贫穷和不幸的人,
送上幸福和快乐。

2014年4月13日(三年级下,9岁)

上海甜爱路,爱心邮筒寄爱心

在一起

我们在一起,
牵手不分离。
我们在一起,
分分秒秒要珍爱。
在一起,
晒晒太阳,
在一起,
看看鸟儿飞翔。
在一起,
开开心心。

外公外婆,生活中,吵架是容易发生的,吵架就会不高兴,我真心希望你们不要为小事闹纠纷。

2014年5月底(三年级下,9岁)

笑容,好似阳光、空气、水

牵挂

凋零的不是那季节,而是花朵。
成熟的不是那果实,而是岁月。
南飞的不是那大雁,而是心情。
牵挂的不是那日子,而是你们。

在重阳节,祝外公外婆
福如东海,寿比南山!
谢谢你们,这么多年,
一直照顾我!

2016年(11岁)

三代情,郎婿拍照一家亲

预防老年痴呆症。"其实啊，这位作者在20世纪70年代，也曾是一位"当红人"，也许你知道《朝霞》这本杂志吧，这个杂志的名字就来自这位作者同名短篇小说《朝霞》。我小的时候还看过这本小人书呢。我们来谈一下这位可敬的老人吧。作者史汉富，自嘲本是一个宁波乡下的小顽头，10岁上学，到上海后就读于一对年迈夫妻办的弄堂小学，初中毕业时患肺结核，18岁带病参加工作，47岁毕业于上海复旦大学自学考试，57岁被评为高级编辑。1964年在《文汇报》笔会发表处女作报告文学《起点》，此后创作了独幕话剧《无影灯下颂银针》，短篇小说《朝霞》入选《20世纪中国短篇小说选集》，曾由上海红十字会编印作品选集《博爱生命》，创作并已播出的有电视剧《依依海滩情》等20余部电视作品，出版纪实文学《痴人笔记》等多部文学作品。现为上海电视艺术家协会会员。那么，从现在开始，让我们一起随着老人的文字，走进光影流连的风景胜地，上车，出发。

002　无聊的话（自序）

003　金银双城俄罗斯

　　上篇　金环和莫斯科
　　引子：我的俄罗斯绰号
　　第一天　莫斯科说："我是我"
　　　1. 莫斯科郊外的晚上
　　　2. "小黑炭"和"小白桦"的异国之恋

004　第二天　金环，一串金色的古城
　　　1. 走进俄罗斯的中世纪
　　　2. 中国人戏说俄语

005
   3. 谢尔盖耶夫：套娃中国制造
   4. 俄式美食：五四三
   5. "我爱弗拉基米尔"

006 第三天 苏兹洛夫：上帝庇护的城市

007 第四天 红星照耀莫斯科
   1. 中国军人行进在红场
   2. 克里姆林宫的斯大林

008
   3. 圣母升天大教堂和普京的婚姻
   4. "大处男"沙皇炮和"老处女"沙皇钟
   5. 中国"三圣"餐厅和古姆商场
   6. 无名烈士长明火

009 第五天 "莫斯科，在俄罗斯人的心坎上"
   1. 地铁：地下艺术宫殿
   2. 普希金的步行街

010
   3. "斯大林蛋糕"的莫斯科大学
   4. 励志小彼得和凶残小伊凡
   5. 见了列宁，见了高尔基

现得淋漓尽致，让晚辈学到很多。我小的时候就看过根据您的《朝霞》改编的小人书。因此可以说和您神交已久。虽然我水平有限，但这次在二度创作的过程中，我尽可能地去以您的视角来讲述所见所闻所想，力争听众可以身临其境，当然，还有很多地方需要改进。要说感谢，我真的要反过来感谢您，从这部书里，不仅学习到了文字创作技巧，而且还领略了各地的自然人文景观，就像在看一部部纪录片。有机会当然希望可以向您当面请教，这个求之不得。我相信缘份！至于您说感谢我，这一点只当做您对我的鼓励吧，我们要感谢"喜马拉雅"平台！

◎和顺：录得特别好，学习了。
●康康：感谢和顺支持，我会继续努力！

◎南 Д 元帅：史老先生的文字很有生活趣味，主播的声音也很好听。
●康康：感谢您的支持鼓励。我会尽我最大努力把史老这部作品用声音表达好，传达史老对生活的热爱，以及他醇厚的历史人文修为！

◎听友 242471440：小时候听过无数遍前辈汉富老师的小说《朝霞》配乐朗诵，现在又可以听他的旅游记，亲切而熟悉的感觉，在耳边回响，在心底流淌。
●康康：史老的书，我是通读了一遍，才开口录的。深深被他的文字打动。他的幽默，他对生活的热爱，对朋友亲人陌生人的真，是非常值得我学习的。只是有些南方的方言，我只能用普通话讲出来，少了点儿原汁原味。

◎听友 239353439：康康的朗读让史先生的游记文章生辉，朗读无疑是一次二度创作。喜欢！
●康康：多谢聆听。读史老的书让我既学到了他在文学上的造诣，又领略了如画美景。既学习了他豁达的生活态度，又领教了他对人生的辩证思考。可谓神交。再有各位老师的鼓励，我一定会一集更比一集好，用最好的状态完成这本书的二度创作！感谢！

◎ 0E237019665：康康的朗读，声声入耳，妙不可言。
● 康康：感谢您的收听和点评。这给了我足够的动力来把史老的文章继续讲出彩。希望通过我的创作，能尽量还原他旅游时的心境和感受，也让大家能和他一起分享这种快乐、洒脱。

◎ 雪花书屋："脑电波"几乎与世隔绝了。
● 康康：老人家写序那年应该快 80 了。他那一代人与网络时代有点儿代沟很正常。不过他这句话更像是调侃。因为从他到各地旅游的热情来看，他是非常热爱生活的。肯定也学得会，只不过还是觉得直接的社交更有意义和趣味儿吧。之前在熟悉老爷子的这部作品的时候，我被他的风趣和生活的信念深深打动过。

◎ 听友 237573196：史老先生诙谐幽默的文笔，引人入胜。康康朗朗读来，让人身临其境。

◎ 1862468qpln：康康小时候看过《朝霞》小人书，嗯，康康暴露年龄啦！
● 康康：哈哈哈，我不是美女，可以暴露年龄的。

◎ 爱丽儿宝贝：娓娓道来，跟着主播的声音去旅行。
● 康康：感谢聆听！多提宝贵意见！

◎ 有声主播薇薇：看题目想起了济公呢，哈哈哈，为主播疯狂打 call！播得好，稳！

◎ 散步的猫胖胖：史老有文学功底，康康声情并茂，珠联璧合，带我看风景。

好的状态完成这本书的二度创作！感谢！

◎ 0E237019665：康康的朗读，声声入耳，妙不可言。

● 康康：感谢您的收听和点评。这给了我足够的动力来把史老的文章继续讲出彩。希望通过我的创作，能尽量还原他旅游时的心境和感受，也让大家能和他一起分享这种快乐、洒脱。

◎ 雪花书屋："脑电波"几乎与世隔绝了。

● 康康：老人家写序那年应该快 80 了。他那一代人与网络时代有点儿代沟很正常。不过他这句话更像是调侃。因为从他到各地旅游的热情来看，他是非常热爱生活的。肯定也学得会，只不过还是觉得直接的社交更有意义和趣味儿吧。之前在熟悉老爷子的这部作品的时候，我被他的风趣和生活的信念深深打动过。

◎ 听友 237573196：史老先生诙谐幽默的文笔，引人入胜。康康朗朗读来，让人身临其境。

◎ 1862468qpln：康康小时候看过《朝霞》小人书，嗯，康康暴露年龄啦！

● 康康：哈哈哈，我不是美女，可以暴露年龄的。

◎ 爱丽儿宝贝：娓娓道来，跟着主播的声音去旅行。

● 康康：感谢聆听！多提宝贵意见！

◎ 有声主播薇薇：看题目想起了济公呢，哈哈哈，为主播疯狂打 call！播得好，稳！

◎ 散步的猫胖胖：史老有文学功底，康康声情并茂，珠联璧合，带我看风景。